CARTA BOLLATA

SALVATORE FARINA

Texte et illustration de couverture : © domaine public
Edition : Culturea (Hérault, 34)
Contact : infos@culturea.fr
Retrouvez notre catalogue sur http://culturea.fr
Imprimé en Allemagne par Books on Demand
Design typographique : Derek Murphy
Layout : Reedsy (https://reedsy.com/)

Dépôt légal : janvier 2023

ISBN : 9791041841110

CAPITOLO I

Lo chiamavano Maestro, benchè egli con la superbia d'essere solamente scolaro della natura, avesse in supremo disprezzo gl'insegnamenti che un uomo può dare a un altro suo simile. Non aveva egli disertato Brera a diciott'anni, perchè all'accademia, a disegnare un gesso immobile, più d'uno ha sciupato l'esistenza? Diciamo l'esistenza per dire, ma dando retta a Giusto dovremo dire che molti hanno guastato la mano, l'occhio, l'intelletto d'artista, e sono rimasti tutta quanta la vita copisti. Perciò egli aveva piantato il gesso immobile e scialbo, e dando al professore dell'asino, se n'era andato di buon passo fuori di Porta Ticinese, a empir l'occhio di belle linee mobili e di colori trasparenti.

Assicurava che la prima lezione di colore gliel'aveva data una roggia, entro la quale l'acqua si moveva appena, dando tutti i riflessi delle nuvole splendenti pel sole di maggio. La gran maestra gli aveva detto allora per la prima volta: «Giusto mio, lascia il carboncino, piglia la tavolozza e il pennello, guarda bene e cerca di far come me; sarà forse la disperazione di tutta la tua vita, perchè io farò quasi sempre meglio, ma se tu hai qualche cosa dentro e riesci a metterla in luce, sarai un grand'artista e la gente, che me non guarda nemmeno, ammirerà l'opera tua.»

Da quel giorno di maggio, Giusto, cacciato dall'accademia per aver detto al professore una verità sacrosanta, non aveva avuto altri maestri fuor che la natura.

E poco dopo lo scolaro aveva avuto il battesimo di maestro dagli allievi suoi, e perfino dai colleghi ed emuli, che in arte, dove cessano le miserie delle scuole e delle regole, comincia l'anarchia intellettuale e si trova un briciolo di giustizia per dire lealmente a un compagno amato: «tu sei un grande artista» ovverosia «tu sei una bestia.»

Ma perchè, arrivato a questo punto luminoso, l'artista non è felice?

Perchè spesso manca all'uomo glorioso quasi tutto; perchè la gloria è una cosa, l'appetito è un'altra; perchè a una certa età, quando sono entrate nel cervello le visioni d'una vita tranquilla, accanto al focolare caldo, con una compagna buona, la quale all'occasione possa fare la modella ad un capolavoro impaziente, l'artista, che ha cercato nella natura l'anima delle cose, si sente infelicissimo non potendo dare tutto se stesso a un'altra anima cara.

I pittori italiani, a qualunque scuola appartengano, spesso per scarsità di companatico rimangono scapoli tutta la vita; li vedete, già canuti, gironzare ancora intorno all'ideale perduto, senza arrischiarsi al matrimonio; alcuni si pigliano in casa una modella belloccia, affamata quanto loro, a dir poco, per fingere la felicità della casa e della famiglia, e se hanno fortuna, da queste finzioni non nascono figliuoli, ma semplicemente bozzetti e quadri che rimangono invenduti quando i nababbi italiani non li comprano per un tozzo di pane.

Una volta, attraverso l'Atlantico o le steppe, arrivavano nel bel paese i Cresi veri, pieni di dollari o di rubli; andavano a visitare gli studi degli artisti più in voga e si portavano via quadri di genere e statue di marmo di Carrara; ma da poco in qua l'America non è la terra promessa, la Russia nemmeno, le statue italiane si fanno per lo più di gesso, il monte di Carrara non serve quasi ad altro che ai caminetti.

Quest'è lo stato presente dell'arte in Italia; poco è a sperare che si voglia mutare per un pezzo.

E non di meno la gioventù italiana è sempre innamorata dell'arte, sfida la miseria, sopporta allegramente l'appetito e non si dà vita; non passa mai per il capo dei giovani artisti la tentazione di mutar carriera, di darsi alla banca per esempio, al tribunale, al commercio; mentre qualche volta accade il contrario, cioè che un agente di cambio novellino, pentito d'un'operazione a fine mese mal riuscita, voglia rosicchiare l'osso spolpato dell'arte.

Giusto, diventato maestro a forza di digiuni, a 36 anni non era scontento del proprio stato, avendo venduto quaranta volte un Cenacolo di Leonardo da Vinci, ai Russi ed agli Americani del buon tempo, e ultimamente ai Tedeschi ed agli Inglesi. Sperava di vendere altri cento Cenacoli prima di chiudere gli occhi all'eterno sonno; solo gli rimaneva il dubbio angoscioso che l'affresco di Leonardo, ridotto già come un'ombra, svanisse interamente prima del tempo. E allora, che sarebbe di lui e della giovane arte italiana?

Uno sgomento più grave lo assalse un giorno, quando l'agente delle imposte volle gravare sull'arte italiana per mettere le toppe alla finanza dello stato. Quell'uomo ingegnoso, fatto il calcolo che i Cenacoli di Giusto pagati a peso d'oro dovessero dargli molto più companatico che un artista di modesto appetito possa digerire, intimò subito una tassa di ricchezza mobile per una somma enorme, dugento lire annue, da pagarsi in sei rate uguali ogni bimestre, facendo risalire l'obbligo del pagamento a tre anni innanzi per mancata denunzia; insomma uno scapaccione di ottocento lirette.

Ma, Cristo in croce! Dove si vanno a prendere ottocento lire per consegnarle all'esattore? Lo sapete voi?

Giusto non ne sapeva un'acca.

Andò subito a visitare la belva, sperando ingenuamente di placarla; appena gli avesse fatto intendere all'ingrosso in che acque naviga la pittura moderna nel bel paese, il mostro avrebbe chiesto scusa di aver cagionato al prossimo un'afflizione inutile, e non avrebbe fiatato in sempiterno. Così pensava l'ingenuo maestro.

Ma la belva non fu mansueta; dimostrò a Giusto, il quale ascoltava a bocca aperta, che solo con i Cenacoli mandati all'estero tre volte l'anno a un di presso, un maestro di quel valore….—Quale?, domandò umilmente Giusto.—Dugento lire annue di ricchezza mobile, pagabili in sei rate uguali.

Insomma, non vi fu verso di correggere il criterio di quell'uomo, il quale avendo istruzioni dall'alto, era nel preciso dovere di salassare il prossimo per contentare la finanza… e fare un passo avanti nella carriera.

—Però…

—Però, che cosa? dica, dica.

Però Giusto poteva ricorrere alla commissione d'appello per l'accertamento delle imposte.

—E come? e che fa la commissione d'appello? e che ottiene il contribuente?

L'agente fu generoso d'informazioni; Giusto doveva fare il suo reclamo in carta bollata da cent. 60; la commissione d'appello fa sempre ciò che dice l'agente delle tasse; il contribuente per lo più non ottiene altro che fare una seconda istanza a un'altra commissione...

—La quale?...

—La quale giudica come la prima.

Giusto, fatto bene il conto, non fece istanza di sorta, e almeno risparmiò la carta bollata.

Ma bisognava pure pagare le ottocento lirette, se gli premeva fare quasi ogni giorno la cena e tre volte l'anno un cenacolo.

Allora cominciò nel cervello del pittore un lavorio angoscioso, non fatto mai prima di quel tempaccio birbone: il lavoro di avvicinarsi ai parenti abbandonati per disprezzo della loro fortuna, tastarli a uno a uno, amicarseli un poco, fin che un giorno gli avesse indeboliti tanto da poter sparare a bruciapelo la domanda d'un prestito di ottocento lire. E perchè no di mille? La fatica è tal quale a chiedere mille o a chieder ottocento, anzi certamente mille è una cifra più dignitosa, e se un po' di lire gli rimanessero in tasca non gli farebbero male per assicurare una buona modella al suo capolavoro.

Il suo capolavoro doveva essere una Cleopatra, ma tutte le modelle vedute non lo contentavano; una sola aveva le attaccature delle braccia incensurabili, e per rifare il sorriso amaro della morte e dell'amore non vi era altri che lei; solamente, essendo, ricercata da molti, bisognava pagarla tre lire l'ora. E Cleopatra aspettava.

I parenti di Giusto non erano molto prossimi; il più vicino era fratello uterino di suo padre buon anima; lo zio Bortolo aveva fatto il macellaio per vent'anni e s'era messo a riposare dalla macellazione per negoziare i buoi, per il macello, s'intende, che quell'uomo di pasta antica non poteva separarsi, fin che avesse un alito di vita, dalla sua passione.

Lo zio Bortolo aveva messo da parte un po' di denaro, ma ne avrebbe avuto assai più se non gli fosse toccata la disgrazia di generare due figliuoli dello stesso sesso, uno più scioperato dell'altro, i quali altro non facevano se non spolpare il genitore. In oltre lo zio Bortolo aveva un vecchio rancore col fratello, ancor che fosse morto e sepolto, e non vedeva di buon occhio la pittura per una disgrazia toccata all'insegna della sua bottega.

Quell'insegna era una testa di manzo magnifica, come Bortolo ne aveva staccato tante dalle bestie macellate; a giudizio delle cuoche del vicinato era parlante, e il macellaio già si rallegrava della sua pensata, quando gli era piombata la contravvenzione perchè prima di esporre la testa parlante del manzo miracoloso non aveva domandato il permesso al Municipio e pagato la relativa tassa. Bortolo si protestò innocente, dichiarò di non averlo fatto apposta, ma non vi fu verso e dovette pagare. Così quell'insegna, che lo aveva rallegrato un giorno, sembrò poi messa lì solo per riaprire una vecchia piaga per tutto il resto della vita.

Un altro parente prossimo di Giusto apparteneva alla Curia in qualità di usciere; doveva odiare anche lui la pittura perchè si era empito la casa di oleografie e nella sua qualità d'uffiziale giudiziario guardava dall'alto in basso il cugino pittore; si chiamava Ippolito.

Un altro cugino aveva bottega d'orologiaio e orefice in Ponte Vetero e si diceva che rivendendo bene gli orologi acquistati male dagli speculatori di Piazza Castello, che è a due passi, egli si fosse messo da parte un bel gruzzolo; si chiamava Venanzio.

Un altro cugino era prete. Diceva la prima messa, che è la meglio pagata per la difficoltà di alzarsi la mattina di bonissima ora; aveva la sottana sfritellata; i collarini sudici erano una sua specialità.

Costui almeno era venuto qualche volta a trovarlo in studio, e si dichiarava a tutto pasto appassionato della pittura religiosa, ma se appena appena Giusto scopriva le nudità d'una tela di genere pompeiano, o turco, o indiano, prete Barnaba lasciava Cristo a cena con gli apostoli e Cristo in croce per ammirare da vicino e da lontano un po' d'arte mondana. Molte volte aveva manifestato al cugino pittore la tentazione fatale, da cui era preso ogni tanto, di ordinargli una Madonna dei sette dolori per la cappella ove diceva messa, ma sperava di resistere, e veramente aveva resistito fino allora.

Ma non resisterebbe più quando Giusto gli avesse fatto intendere la propria necessità di consegnare all'esattore una somma che non aveva; di sicuro, per non lasciarsi salassare impunemente, il prete comprerebbe la Madonna dei sette dolori per lire mille.

Quel giorno medesimo il pittore andò a trovare suo cugino. Per via aveva una baldanza curiosa di uomo sicuro del fatto proprio; nell'androne di sagrestia cominciò a penetrargli nell'animo un dubbio amaro; e in faccia al reverendo il maestro aveva la fisonomia somigliantissima d'uno scolaro che non sapesse la lezione.

—Qual buon vento ti porta qui, così di buon'ora? domandò prete Barnaba, mentre con l'aiuto d'un chierichino infilava la pianeta per la messa.

—Non è un vento, confessò Giusto, e sopra tutto non è un vento buono; è un uragano maligno.

Prete Barnaba si fece il segno della croce dinanzi al Cristo di sagristia, e non rispose verbo perchè fiutava da lontano un gran pericolo.

Giusto, vedendo che gli toccava dir tutto senza incoraggiamenti, chiuse gli occhi e disse: mille lire!

Prete Barnaba alzò gli occhi al Cristo per dirgli alla muta che rispondesse lui qualche cosa a quel disgraziato.

—Ma non vedi, mio buon Giusto, che tu sei in un grave errore? come! e tu non ti eri accorto che io non ho avuto mai mille lire disponibili? Credi che me ne verrei qui come una rondine a dire la prima messa se fossi un prete ricco? E con tutta la voglia che ti ho manifestata tante volte di regalare una Madonna dei sette dolori alla cappella, se non l'ho fatto prima d'oggi, che significa?

—Ma io... balbettò il gran maestro della scuola lombarda, ma io ti farò una Madonna di sette dolori che farà piangere i sassi; e sarà d'un metro e sessanta, come ti piaceva, e se non basta te la farò di due metri. Fa un sagrifizio per lasciarmi in pace con l'esattore.

Prete Barnaba aveva già la pianeta; si pigliò in mano il calice e inchinatosi ancora davanti al Cristo in croce mormorò sotto voce una preghiera prima di avviarsi all'altare.

—Se ascolti la mia messa, potremo parlare ancora del caso tuo, ma da me non sperare nulla; ti dirò piuttosto di andare da nostro cugino orologiaio. Quello ha un mucchio di danaro, e per un parente vorrà fare qualche cosa.

Il gran maestro non fiatò, ma almeno volle risparmiarsi la messa di suo cugino Barnaba.

Camminando di buon passo sulla via pensava al caso suo, che ora gli sembrava più difficile che mai.

A quale altro parente doveva rivolgersi ora?

All'orologiaio di Piazza Castello, o all'usciere Ippolito, o a zio Bortolo macellaio? L'orologiaio apriva il negozio di Ponte Vetero alle ore otto in punto, l'usciere andava in tribunale non mai prima delle nove, e fino a quell'ora il negoziante di buoi arricchito dal macello non si moverebbe dal suo letto. Erano le cinque in punto; e recarsi a casa dei suoi cugini a quell'ora mattutina a chiedere un prestito di mille lire, non parve a Giusto molto prudente; se ne andò allo studio a riflettere meglio. Con la tavolozza in pugno, buttando qua e là qualche pennellata sopra una di quelle tele destinate a non essere mai finite, che tutti i pittori ne hanno sempre una almeno, si erano affacciate tutte le migliori idee di Giusto. Così fece.

Egli aveva appunto una gran tela intitolata il Paradiso terrestre, dove nello spazio di due metri aveva ammucchiato tutte le seduzioni dell'inferno; vino colante da brocche rovesciate sulle mense; donnine seminude addormentate nel dare un bacio a giovinotti brilli, alcuni dei quali caduti fra le gambe della tavola; dadi e carte da giuoco sulla tovaglia e in terra, stoviglie d'argento luccicanti al sole affacciato da un finestrone a guardar lo spettacolo disameno. Quel quadro concepito in una giornata di orgia, che aveva dato a Giusto una nausea memoranda, non era stato compiuto per la solita causa, perchè le donnine allegre, le quali gli avevano servito una volta di modelle, non erano tornate più a mettersi in posa.

Tuttavia la tela non era stata cancellata, e nei momenti scabri delle sue giornate il gran maestro vi dava volontieri qualche pennellata per rinforzare il tono d'un viso baciato dal sole, o un'ombra sotto la tavola, e per farsi venire le sue idee migliori. Quella mattina l'idea fu questa:

«Io la faccio in barba all'esattore, il quale dovrà rimanere con due spanne di naso a dir poco; io mi rifugio all'estero in un paese meno barbaro che non sia questa nostra Italia di Michelangelo e di Raffaello; io me ne vado in Isvizzera, a Lugano.»

Con poche pennellate di biacca sgorbiò un po' di fondo di tela non ancora coperto di colore, e si tirò indietro per riconoscere che quell'albore rinforzava benissimo i toni di tutto quanto aveva messo fin qui sul quadro, e bisognava proprio scegliere una sala bianca, tutta marmi di Carrara, o stucchi e oro. Pensò ancora.

«Da poco in qua i pochi Russi viaggianti si fermano in Isvizzera, nel Canton Ticino, che è come un pezzo di Italia, a Lugano, città di alberghi... I Tedeschi poi non vengono in Italia senza passare il Gottardo e fermarsi a Lugano; quando il forestiero sappia che a Lugano vi sono io, vorrà fare una visita al mio studio. Chissà quante belle migliaia di franchi in oro metterò da parte senza dare un centesimo al mio caro esattore. E quando avrò le migliaia, potrò forse pensare...»

A che cosa? Egli interruppe il proprio pensiero, perchè gliene venne un altro.

—Sì, ma a Lugano non vi è la Chiesa delle Grazie, non vi è il

Cenacolo di Leonardo da Vinci; e come faccio io?

Fu uno sgomento di poca durata. Giusto poteva farsi una copia di Cenacolo per servire a farne poi altre; una seduta in faccia all'affresco originale accontenterebbe il compratore più difficile.

Sta bene, e ora poteva proseguire la sua via crucis, visitare, se fosse necessario, i cugini a uno a uno, e con molta filosofia penetrare tutte le difficoltà di ottenere mille lire in prestito. Erano giunte le otto, l'ora dell'orologiaio di Ponte Vetero.

Giusto si avviò con animo deliberato.

CAPITOLO II

Il cugino Venanzio, giovinetto allegro la sera, quando il suo negozio era andato bene, aveva la mattina un umore intrattabile; la impazienza che si presentasse il primo affare, senza del quale come sapete non è possibile mai fare il secondo, gli dava un'aria inquieta e scontenta, che non cresceva nulla ai vezzi della sua persona. Alle otto in punto ogni mattina, nell'atto di aprire la bottega, dimenticava le amiche della notte per non pensare ad altro che al suo commercio e agli agenti della questura, i quali potrebbero capitargli in bottega quando meno se lo sognasse per fare molte ricerche inutili.

Quando Giusto si presentò, Venanzio era mille miglia lontano da lui; e per un poco, intento a ripulire la mostra, non si avvide nemmanco del suo parente.

Ma il pittore, preparato a ogni sorta di incontri nella via crucis, non si smarrì di animo.

—Venanzio, disse con voce robusta; e ripetè ancora: Venanzio.

Venanzio si volse verso di lui, tentando un sorriso che riuscì una smorfia.

Giusto non perdè un minuto di tempo per informarlo del suo bisogno; l'altro, senza smettere le proprie occupazioni, gli parlò così:

—Ti hanno ingannato, sai, ti hanno proprio ingannato; io non posseggo un soldo; tutta questa roba che vedi non è pagata, e se non la vendo, la ridò a chi me l'ha data per la mostra; appena appena ne ricavo, ammazzandomi tutto il giorno al banco, tanto da mangiare e vestirmi. Tu lo sai, io sono come te, scapolo ancora; e perchè sono scapolo a trentasei anni sonati? Perchè ho paura del matrimonio e della figliolanza, e ne ho paura perchè sono povero.

Giusto non si lasciò commuovere da quelle dichiarazioni e franco franco ribattè così:

—Aspettavo che mi dicessi questo, perchè so quanto guadagni e quanto sei avaro di giorno; so pure che non prendi moglie, perchè la notte all'Eden, alla Follia e in altri luoghi, trovi quante mogli fanno al caso tuo. Ma io non chiedo un prestito senza interessi, che sarebbe un'ingenuità, sono venuto a proporti un negozio; se mi dai mille lire te le renderò col dieci per cento fra un anno, e anche prima.

Venanzio non ebbe nemmeno il tempo di riflettere, come sembrava volesse fare, perchè un brutto ceffo si affacciò alla bottega senza dir parola.

—Vengo, disse l'orologiaio, e l'uomo sparve.

—Ecco, proseguì Venanzio, continuando ad assestare gli orologi della mostra; io sono qui per contrattare: non dobbiamo forse far contratti tutta la vita? ma quando uno chiede che io gli procuri un po' di denaro che non ho, non posso incomodare la gente che mi vuol bene senza fargli vedere prima il pegno e consegnarglielo poi. Se tu hai dell'oro vecchio, dell'argento, ma meglio oro, portalo qua e io ti potrò fare l'imprestito; così faccio qualche volta; oro e argento; oppure orologi; ma tu non hai sicuramente una partita d'orologi da sbarazzare; tu non sei un collezionista.

Lasciò vagare sulle labbra un sorrisetto, ma lo cancellò subito.

—È vero, rispose Giusto, io non sono un collezionista d'orologi.

—Lo vedi! conchiuse Venanzio.

Aveva detto tutto; si affacciò in istrada per vedere se l'uomo di prima aspettasse, e rialzando il capo verso il suo caro parente senza nemmeno guardarlo, sembrò dirgli qualche cosa che Giusto intese a volo.

—Stammi bene, disse il pittore, e buoni affari.

Lasciò la bottega e nell'avviarsi al tribunale passò rasente al brutto ceffo che tornava verso la bottega di Venanzio.

Sebbene fossero le nove sonate, quando Giusto arrivò al Palazzo di Giustizia, l'usciere non era ancora al telonio a preparare le citazioni e a radunare le sentenze per notificarle. Che ne era avvenuto? Niente altro che questo: Ippolito s'era ammalato d'indigestione, volgarità indegna d'un magistrato, ma che può toccare anche al primo presidente. Giusto lo troverebbe a casa, a letto.

Queste notizie gli vennero date da un altro ufficiale giudiziario, il quale anzi raccomandò di dire al collega malato che quella tal citazione verrebbe fatta prima del mezzodì.

E Giusto via, a picchiare alla porta del suo terzo cugino.

Gli fu aperto dalla figliuola di Ippolito, una cuginettina perduta di vista da molti anni, un amore di bimba non avente proprio l'aria di essere tanto vicina alla curia e al tribunale; ne pareva anzi lontanissima, tanto era bianca, bionda, e gentile; e pure anche il giorno prima quell'amorino ingenuo aveva riempito molta carta bollata indegna di un suo caratterino nitido e bello, senza domandarsi conto di quanto faceva per contentare il babbo.

—Chi è? domandò appena ebbe schiuso l'uscio, e subito soggiunse: è lo zio Giusto.

—Non sono tuo zio, ma tuo cugino, tienlo in mente...

—Il babbo dice che sei zio, ma se tu vuoi essere mio cugino, lo preferisco quasi; vieni pure, ma il babbo sta male, perchè ieri ha lavorato troppo...

—L'altro usciere mi ha detto che ieri ha mangiato…. e gli ha fatto male.

—Non è vero; lavora qualche volta troppo e allora non digerisce quel che mangia. Vado subito a dirgli che sei qui, aspetta un momentino…

Così dicendo, quella donnina accompagnava il suo parente in salotto, gli accennava di mettersi a sedere, e via di corsa.

Uscirono dal cervello del maestro tutti le amarezze della giornata incominciata per trattenere soltanto la visione gentile della cuginetta.

Un pittore che sappia il fatto suo, al primo vedere una figurina come la figliuola dell'usciere Ippolito, si sente subito afferrare dalla tentazione di arrestarne sulla tela il più possibile, il viso almeno, un po' di collo, le manine bianche, le braccia tonde; il resto viene poi.

Così Giusto.

«Come si chiama mia cugina? Maria, mi mi pare; ma non ne sono sicuro, e non mi starebbe bene domandarlo; altrimenti si vedrebbe subito che io dei parenti cari mi sono infischiato magnificamente fino al momento di averne bisogno. È fresca come una rosa appena sbocciata; beato chi la potrà cogliere; è bella; è amabile, disinvolta e garbata; farà la felicità di un usciere novellino, o chi sa mai, magari di un usciere vecchio, che abbia ammucchiato molto denaro notificando molta carta bollata. Ah! quanti grandi artisti sono diventati celebri perchè avevano un modello in casa!»

Giusto ebbe l'audacia di immaginare l'arte gentile che egli avrebbe fatto nel primo tempo dopo le nozze, quando la cugina Maria…. diciamo…. fosse al suo fianco, e l'arte grande che gli sarebbe uscita dal pennello quando Maria, diciamo ancora così, avesse preso proporzioni un tantino matronali, ma un tantino appena, e il suo viso di faterella allegra fosse oscurato da quell'ombruzza di melanconia di chi ha visto da lontano il dolore.

La cuginetta tornò in quel punto ad annunziare che il babbo dormiva ancora, ma nel dire mostrò apertamente il dolore della bugia; tanto apertamente, che Giusto fu lì lì per consolarla così:

«Maria…. ho inteso tutto….» ma dalla camera vicina la voce sonora, che spesso tonava nell'aula annunziando il tribunale, gridò forte: Cristina!

E Cristina, chiesta permissione, sparve una altra volta.

—Si chiama Cristina, e io me ne ero scordato; è proprio bella tanto, ingenua e schietta; non pare la figlia di un usciere; mio cugino Ippolito ha fiutato il caso mio; per paura d'essere indebolito dall'indigestione, mi mandava a spasso con una bugia; ma pensandovi ha visto di non guadagnare gran cosa, e ora mi fa dire di venire al suo letto, che, ammalato com'è, saprà difendersi. È come se lo vedessi.

Cristina rientrò in sala in quel punto; aveva la faccetta allegra d'una donnina che, odiando la menzogna, si rallegra di dire una verità.

—Il babbo dormiva, perchè non aveva inteso che si trattava di te; ora ti vuol vedere.

—Grazie, balbettò Giusto per dire qualche cosa.

—Grazie di che? chiese Cristina.

E veramente grazie di che? Giusto non sapendo rispondere, si avviò in uno stato di perplessità inesplicabile. Giunto a piedi del letto matrimoniale dell'usciere vedovo, non fu tolto al suo stato dagli omei con cui Ippolito cominciava la propria difesa personale.

—Ahi! questo mio stomaco non mi serve più; ahi! è il piloro sicuramente, o è il fegato, o è la milza, o è il demonio; il fatto è che se mangio un boccone con un po' di appetito mi tocca dire mi pento e mi dolgo una settimana intera.

—Che cosa è stato?

—È stato che si lavora troppo per campare la vita. Ma bravo! Mio cugino, il grande artista, il faro dell'arte pittorica lombarda, si è ricordato d'un misero uffiziale giudiziario! Non è, Dio ti guardi, per una citazione? Se il cliente tuo non ti vuol pagare, dà retta a me, piglialo con le buone; non ti venga mai la tentazione di pigliarlo con le mani d'un usciere. L'usciere, anche se è cugino, non può far nulla senza la carta bollata. Ahi! questo piloro, questo fegato, questo demonio mio! Mettiti a sedere; vedi là, vi dev'essere una sedia libera; l'hai trovata? Bravissimo; e ora dimmi il caso tuo. Ahi!

La perplessità singolare di Giusto durava ancora; egli udiva le parole dell'usciere ammalato, ma ascoltava i passi della cuginettina bionda, che dava sesto nell'altra stanza; costretto a dire la molla che l'aveva spinto fino in casa del cugino usciere, nella sua perplessità affermò che le molle erano due.

Curioso! Il fatto che le molle fossero due, mentre erano sembrate una sola all'usciere, lo rallegrò invece di fargli pena. Pensò subito che fossero due cambiali precettabili.

—Se sono pagherò o tratte protestate è meglio, ma fossero anche citazioni, io sono agli ordini tuoi; non pagherai altro che le spese vive.

—Grazie, ma non è questo; io vengo da te unicamente perchè ho bisogno di due cose...

Pensò un momentino se gli convenisse prima parlare dell'agente delle imposte, e riconobbe che era meglio parlarne dopo. E allora?...

—La prima è tua figlia.

—Cristina! come entra mia figlia nel caso tuo?

—Sì, proprio Cristina: sono venuto a chiedertela in moglie...

—Per te?...

—Ma... mi pare.

—Ma tu non sai che Cristina ha diciasette anni soltanto, e tu, se i miei conti tornano, ne hai almeno trentatre....

—Sonati... È disgraziatamente vero; ma io mi sento giovanissimo ancora...

—Sentirsi è una cosa, essere è un'altra; come la pittura d'una cosa non è mai la cosa medesima... Mi spiego? Se non mi faccio intendere abbastanza, mi spiegherò meglio: per mia figlia ho altre vedute. E non ne parliamo altro; se mi vuoi dire l'altra cosa... ahi!

Giusto stette un po' a pensare e lì per lì non rispose.

—Me la vuoi dire? insistè l'usciere.

—Ci penso... Non te la voglio dire, tanto non ci guadagnerei nulla.

L'usciere non era punto curioso e lo disse:

—Pazienza! io non sono curioso.

—Ti saluto, conchiuse Giusto, rizzandosi da sedere; guarisci, cura il tuo piloro, torna presto al tribunale e stammi allegro.

—Senti ancora; che premura hai? senti.... Cristina non sa nulla?

—Non sa nulla ancora.

—Ti conviene che non sappia mai; io non le dirò niente, te lo prometto.

—Grazie.

L'usciere dal suo letto chiamò forte «Cristina!» perchè accompagnasse il faro della pittura lombarda fino all'uscio, e Giusto disse a se stesso:

—Essa invece saprà subito e saprà tutto.

E appena apparsa la faccetta soave della cugina, egli le disse:

—Sai? me ne vado; la cosa che domandavo a tuo padre, mi è riuscita male...

—Me ne spiace tanto...

—Ah! se fossi sicuro che ti spiacesse tanto, quasi mi consolerei un poco.

Cristina aprì gli occhioni belli a guardare il suo parente, non intendendo ancora.

—Si può sapere che cosa gli hai domandato? domandò ingenuamente.

—La vuoi proprio sapere?

Cristina non rispose nulla, perchè l'occhio nero del faro della pittura lombarda le andava dicendo tante cose.

—Te la dirò all'orecchio.

Ma tacque un poco, aspettando il pentimento.

Cristina non respirava più.

—Dimmela, balbettò con un fil di voce.

—Gli ho chiesto... te... in isposa... ed egli mi ha risposto: no.

—Cattivo babbo! scappò detto alla creatura ingenua; e diè in un pianto dirotto.

Giusto, a cui da poco in qua sembrava di sognare, a questo punto del suo sogno si svegliò in paradiso.

—Cristina! gridò forte l'usciere dall'altra camera; Cristina!

Nessuno gli rispose.

—Senti, bambina mia, tu ora mi fai felice, ma asciuga le tue lagrime; se vuoi proprio, se mi saprai aspettare, io ti farò mia; vuoi?

—Sì, voglio.

—Allora dammi un bacio; e speriamo insieme.

Cristina diede il bacio senza titubanza.

—Cristina! chiamava Ippolito dal suo letto; dove si è cacciata quella ragazza?... Cristina!

—Trovo la mia strada da me, rispose Giusto a voce alta.

Si pigliò in silenzio un altro bacio dalla bocca soave, un altro bacio pose sulla fronte della sua fanciulla, e se ne andò fidanzato.

Ma non aveva trovato nulla per l'agente delle imposte.

CAPITOLO III

Tutto il rimanente di quel giorno Giusto non fece altro se non pensare alla sua fidanzata, ed ebbe solo un po' di requie quando con poche pennellate di biacca, di cinabro e di cromo si fu messo dinanzi la faccia gentilina e i capelli d'oro che gli trottavano nella fantasia. Ogni giorno avrebbe aggiunto qualche cosuccia alla tela, pur che ogni giorno trovasse modo di vedere Cristina, in casa, o alla finestra, o alla passeggiata. Uscirono da quel cervellaccio di grande artista tutte le melanconie della tassa di ricchezza mobile, dimenticò perfino l'esistenza d'un agente delle imposte e gli parve di vivere in una Italia nuova, fatta allora allora per lui e per Cristina, in un'Italia dove si fosse perduta la mala semente dell'esattore e non si conoscesse nemmeno la necessità di rifare il Cenacolo quattro volte l'anno per campare la vita.

Camminando per le vie, a testa alta, con gli occhi fissi in Cristina sua, respirando Cristina sua nell'aria di quel mattino di maggio, il faro della pittura lombarda si dimenticò perfino di essere un faro, di aver trentasei anni sonati bene bene, per ridiventare un fanciullone.

Pensava: «Di che mai espedienti si serve il cielo misericordioso (perchè ora tornava a credere nel cielo e nella sua misericordia) per avvicinare due cuori che si vogliono amare! Chi potrebbe far credere all'agente delle imposte che egli, minacciando una tassa che forse non riscoterà mai, mi abbia riunito a Cristina mia per tutta la vita?

«Per tutta la vita? Sì, per tutta. Ormai Cristina è legata a me; nessun tribunale, con nissun atto di usciere potrebbe mai impedire a due cuori di amarsi tanto. Il cugino Ippolito, dopo avermi detto no alla prima, mi dirà sì alla seconda; e a me, fra quindici giorni, non mancherà il coraggio di andarlo a trovare in tribunale, e magari al suo letto se avrà fatto un'altra indigestione.»

Fortunatamente, della seconda causa che lo aveva spinto in casa dell'ufficiale giudiziario, egli non aveva fiatato, perchè sapere bisognoso d'una somma relativamente tenue, il faro della pittura lombarda, non gli aggiunge luce nè decoro; Giusto accomoderebbe forse il proprio negozio con l'altro parente macellaio, e non riuscendo nemmanco con lui piglierebbe la risoluzione di trasportare in Svizzera il Cenacolo incominciato e gli altri bozzetti, accomiatandosi con una bella lettera dall'agente delle imposte.

—Dunque si va a far visita al macellaio?

Giusto si propose il quesito parecchie volte in quella giornata memoranda, e lo lasciò sempre in sospeso per causa di Cristina bella, che lo chiamava a lei in silenzio.

All'ultimo rispose melanconicamente di sì, e si avviò al macello con l'aria d'una buona bestia segnata e rassegnata.

La casa dello zio Bortolo era fuori di porta; d'un piano solo ma bellina assai, tutta tinta di sangue sieroso, ma con le persiane di un rosso vivo, che pareva sangue arterioso; vi abitava la famiglia del macellaio soltanto e perciò, non vi essendo portinaio, per farsi aprire, bisognava toccare il bottone del campanello.

Giusto, dando un'occhiata alla finestra sanguigna, si sentì venire un po' di baldanza accettando questo presentimento bugiardo:

«Mi pare che dove meno me l'aspettava, troverò il fatto mio; qui dentro stanno di sicuro molte migliaia di lire inoperose; sta a vedere che una se ne viene alla chetichella nel mio portamonete.»

Mentre egli toccava coraggiosamente il bottone del campanello, un'altra voce, vera e sacrosanta, mormorava a canto a lui, strascicando le parole, tanto era dimessa: «vedrai che Bortolo farà come gli altri, non ti darà un soldo.»

La porta di strada si aprì, e subito una voce gridò dall'alto:

—Chi è?

—Sono io, rispose il gran maestro, infilando le scale.

Al secondo pianerottolo una vecchia lo squadrò da capo a piedi, ripetendogli:

—Chi è?

—Sono io; il nipote di zio Bortolo; mio zio è in casa? come sta? riceve a quest'ora?

Il macellaio stava benone e non gli sarebbe sembrato vero di poter ricevere nel salotto, in fondo a un corridoio, dove la vecchia accompagnò il visitatore, ancor che fosse nipote del padrone, a contemplare un uscio chiuso. La chiave era nella toppa, ma non girava bene, e dopo inutili sforzi della fantesca si provò Giusto con miglior resultato.

La fantesca spalancò la finestra sanguinosa e alla luce Giusto ammirò il buon gusto di suo zio.

Quella sala era tutta lucente, e i mobili di noce di stile modernissimo, anzi senza stile, acquistati in Santa Marta, erano massicci; avendo una passione per il marmo che gli ricordava le belle memorie del macello, lo zio Bortolo, oltre averne messo in abbondanza sopra due mensole che si facevano riscontro guardandosi con l'occhio enorme di due specchi, aveva aggiunto in una parete un canterano; negli angoli della stanza due tavolini da notte tondi, pronti a ricevere vasi di qualunque genere o puttini di terra cotta... erano già forniti di marmo. Di quadri nemmeno l'ombra, e pareva a Giusto che nelle pareti starebbero benone almeno due paesaggi; già gli sembrava di averli fatti; uno di natura viva, riprodurrebbe i buoi condotti al macello; l'altro di natura morta, molta carne macellata. Il grande artista farebbe la tela in due settimane se Bortolo gli pagasse le mille miserabili lire.

Dopo molto aspettare, la mole enorme di Bortolo, piegandosi un tantino, passò la porta spalancata.

Anche egli, come il prete, domandò quale vento gli avesse portato a casa suo cugino.

Il faro della pittura lombarda si spiegò subito; non era stato un vento, ma bensì l'agente delle imposte, perchè egli, lui, per lui, per ciò... intendeva bene il macellaio?

Il macellaio intendeva benone; ma dalla sua mole uscirono subito certi lamenti tenui, frammezzati di piccioli gridi da far pietà a una belva. Oh! Dio, aver pensato a lui in una congiuntura simile, mentre chiunque, fuori che lui, avrebbe potuto far meglio. Ma, celeste misericordia! Bortolo, poveraccio, non macellava più, non sapeva più come fossero fatti i marenghini con cui una volta pagava i buoi; non era oggi il regno della carta straccia? e dunque? se Giusto gli volesse credere... Bortolo non aveva visto da un poco una moneta d'oro.

Il faro della pittura lombarda a questo punto era già un faro spento, ma volle mandare un ultimo guizzo dicendo allegramente a suo cugino che egli si sarebbe contentato di mille lire in carta, anche stracciata o rappezzata, pur che vi si leggesse chiaramente l'uso che doveva fare.

—Ma io, volle conchiudere Bortolo, cominciando a entrare in collera.

—Ma tu, interruppe Giusto, tu non me li puoi dare, non è così?

Era proprio così.

—Allora ti saluto.

—Te ne vai? Mi dispiace tanto, ma io non posso far nulla; non è una settimana che ho dovuto pagare un debito di quattrocento lire che mio figlio, quello scapestrato di mio figlio Gerolamo, mi ha fatto a Pavia. Io non avrei pagato, te lo giuro, perchè un mese prima l'altro mio figlio, Giuseppe, quello che mi minaccia da dieci anni di non pigliar la laurea di ingegnere, mi aveva salassato di cinquecento lire; ma Gerolamo, che studia la legge da sette anni, mi assicurò che bisognava pagare, perchè egli aveva imitato la mia firma in una cambiale protestata. Vedi dunque se un cristiano battezzato può aiutare un cugino quando ha la disgrazia di due figliuoli come i miei. Ti dico io, è impossibile, e quando te lo dico puoi credere…. Ma se ti fermi un momentino posso farti assaggiare un dito di barolo vecchio come il peccato mortale.

—Davvero?

—Sì, proprio.

L'idea di bere il vino del parente che gli negava mille lire in prestito, sorrise in un cantuccio del cervello a Giusto; bevve allegramente, riconobbe che il barolo vecchio come il peccato mortale era saporito come il peccato veniale, e se ne andò con molta disinvoltura, ringraziando lo stesso.

Non sembrando vero al macellaio d'essersi sbarazzato con così poco, volle almeno dare un buon consiglio al suo giovine parente.

—Va a trovare tuo cugino, l'usciere, gli gridò dal pianerottolo, egli forse accomoderà il fatto tuo.

—Grazie, rispose il faro della pittura lombarda, dall'ultima scala.

Uscendo al sole era spento più d'un fanale.

Cristina gli rientrò subito nel cervello, cacciando ogni altra melanconia.

E allora chi pagherà l'agente delle imposte? Se è destino che qualcuno paghi, qualcuno pagherà; ma mi pare che non sia destino, signor agente.

Gli trottavano per il capo due forme di lettere all'agente delle imposte. In una era il commiato semplice e garbato, in un'altra più tentatrice la garbatezza era ironia, la semplicità si perdeva assolutamente di vista.

Prima di tornare a casa non aveva ancora fatto la scelta, e quando si fu messo davanti al cavalletto a carezzare col pennello la sua Cristina, l'agente delle imposte potè credersi dimenticato.

E veramente Giusto se ne dimenticò tutto un mese per amor di Cristina, fin che l'agente delle imposte gli rinfrescò la memoria per mezzo dell'esattore. Il termine dei reclami essendo scaduto, l'agente se n'era lavato le mani, incaricando il suo sozio di riscuotere lire 811 entro otto giorni dal giorno tale, minacciando la multa per ogni giorno di ritardo, e se fosse proprio necessario, il pignoramento dei mobili.

Allora a un altro fuor che a Giusto non rimaneva se non pagare; invece il faro della pittura lombarda aveva ancora lo scampo di imballare alla chetichella i pochi mobili, oppure vendere tutto il vendibile, e piantare in asso esattore ed agente con due palmi di naso.

Ma sì, ora l'idea di andarsene non gli sorrideva più come la prima volta, perchè Cristina gli era entrata troppo nel cuore, e la tela incominciata, ancor che l'avesse portata seco, non lo poteva compensare di tutto quanto perdeva. E avrebbe perduto tutta quanta la felicità, che non era poi gran cosa; giacchè non avendo potuto trovare verun pretesto giusto di tornare in casa dell'usciere, egli non aveva potuto avvicinare la sua innamorata. Pure l'aveva vista di buon'ora alla finestra di strada, rischiando il torcicollo ogni mattina per guardare al quarto piano; più tardi, all'ora del desinare, e più tardi ancora, prima di notte, si era fatto una festa di andare nella strada del suo paradiso, a indovinare da lontano il visino dell'angelo suo, quando non gli capitava la disgrazia di trovare la finestra chiusa; ma allora era segno che l'angelo era uscito con la fantesca, e aspettando di piè fermo sulla cantonata, mettendo gli occhi inquieti un po' per tutto, era quasi sicuro di incontrarla sulla via e di dirle alla muta tutto l'amor suo sconfinato.

Quando fosse andato a Lugano o altrove, chi gli renderebbe questa felicità perduta?

Giusto vide bene che non gliela renderebbe nessuno, nemmeno l'eterno padre a cui non credeva molto, ma che pure invocava qualche volta per abitudine.—Dio grande, gli diceva a voce alta, se è vero che tu puoi tutto, fa una bella cosa per me: dammi l'angelo mio, io me lo sposo, e ce ne andremo insieme a Lugano; l'esattore non esigerà da me nemmeno un centesimo, noi saremo felici e diremo il Padre Nostro sera e mattina.—

Ma l'invocazione peccava da un lato. Se egli potesse sposarsi subito a

Cristina, l'usciere, divenuto suocero, lo pregherebbe di fermarsi in

Milano, salvando in qualche modo i suoi cenacoli dalle unghie ladre

dell'agente delle imposte.

E come sposare Cristina prima che avesse l'età maggiore?

Cominciò allora a germinare nel cervello del grande artista un'idea audace; trovarsi con Cristina una domenica all'uscita dalla chiesa chiesa di Sant'Alessandro, spingersi innanzi la fantesca in qualunque modo, con una mancia, con un'astuzia, con un calcio, se fosse proprio indispensabile; e invitar Cristina a venirsene con lui... in cima a un monte inaccessibile per altri, in Australia, al Polo, nel deserto di Sahara, e intanto a Lugano.

Per campare fin che il cugino suocero fosse placato, il faro della pittura lombarda venderebbe un cenacolo per due tozzi di pane, farebbe la concorrenza alla fotografia, riproducendo in effigie tutta la popolazione maschia di Lugano, e se Cristina non vi trovasse nulla a ridire, anche il bel sesso. Un giorno poi l'usciere, mansuefatto, darebbe il consenso alle nozze, e la felicità, entrando finalmente nella casa del grande artista, vi splenderebbe davvero come un faro.

Ma questa idea era appena un germe, quando accadde una cosa straordinaria: il cugino Ippolito in persona venne a fargli visita.

Entrando nello studio del grande artista, l'usciere aveva una solennità straordinaria; senza nemmeno annunziarsi, fece fermare un suo compagno della bassa curia e si avanzò incontro al cugino.

—Oh! Dio! tu qui! esclamò Giusto; e subito gli vennero in mente tutte le cose impossibili: che Cristina, non ne potendo più, avesse svelato la propria passione al babbo; che il genitore, non resistendo alla disperazione di sua figlia, del suo sangue, fosse venuto a chieder scusa del rifiuto, a pregare il grande artista di non lasciargli morir d'affanno la figliuola.

—Sì, sono io, rispose gravemente l'uffiziale giudiziario; e non mi spiace d'essere io, perchè un altro non potrebbe far meglio di me; devo pignorare i tuoi quadri, i tuoi mobili, lasciandoti i pennelli e la tavolozza, gli strumenti professionali; sono stato a casa tua, ma il portinaio mi ha detto che eri uscito e mi ha anche confessato che tu appigioni due stanze mobiliate; se appena appena pignoravo un tavolino il padrone faceva opposizione e il governo ci rimetteva le spese. Ma come è stato? Sicuramente una distrazione; benedetti artisti! voi altri non vi ricordate mai di nulla, e il povero esattore ha da vivere anche lui e dar da mangiare al governo… Sicuramente… è l'esattore che mi manda. Hai lasciato trascorrere tutti i termini di legge, non hai pagato mai… e ha mandato me del terzo mandamento perchè la fatalità ha voluto che i due uscieri del secondo siano ammalati entrambi: noi del terzo ne facciamo le veci per turno.

—Ah! sei qui per il pignoramento? balbettò il gran maestro; credo che non troverai gran cosa…

—Ma dunque devo fare davvero? Per ottocento miserabili lire tutte queste tele andranno all'asta, tutti questi bei mobili…

Così dicendo si guardava intorno, e non potendo rimangiarsi le parole, ammutolì, perchè le tele erano poche e nessuna finita, e tutti quei mobili erano seggioloni tarlati o divani antichi da far magnifico effetto dipinti, ma nessuna buona figura a una subasta pubblica.

—È dunque un puntiglio? aggiunse a bassa voce.

—No; confermò Giusto senza arroganza, ma con accento deliberato, il puntiglio è dell'agente delle imposte, il quale si è messo in testa di essere pagato; ma che colpa ho io se non ho avuto mai ottocento lire tutte in una volta? Dillo tu. Anzi.... si fermò un momentino all'idea di buttare dalla finestra tutta la sua felicità con due parole, ma tanto era avvilito, che gli scapparono.... anzi, quando veniva a chiederti la mano di tua figlia che avrei fatto felice, te lo giuro, perchè l'avrei adorata come una santa, ero tentato di chiederti un prestito di ottocento lire e le avrei rese presto. Tu mi hai detto no alla prima domanda, e allora mi è mancato il cuore di fare la seconda. E poi, perduta Cristina, non m'importava più di nulla; mi aspettavo questo giorno; ora pignorami; sono curioso di vedere come fai, e, se permetti, rimango.

—Anzi è quasi il tuo dovere, e se vuoi ti nomino custode degli oggetti pignorati; aggiunse Ippolito con accento dimesso mandando in giro un'occhiata melanconica; ma se si potesse risparmiare quest'atto crudele... crudele specialmente per me che ti son parente.... vediamo, non potresti tu fare uno sforzo per contentare l'esattore?

Giusto fece deliberatamente di no col capo.

—No? Pensaci... se rimettessimo le cose a domani, forse si potrebbe tentare qualche rimedio....

Giusto ripetè il rifiuto con un cenno del capo.

—Capisco che tu mi vorresti venire in aiuto, ma io ho mutato idea; me ne andrò all'estero a dipingere i miei quadri; l'esattore si pigli pure tutto... fa il piacere di pignorarmi subito... Però ti ringrazio.

L'usciere, rimasto perplesso tra l'accettare il ringraziamento e dire il vero, rispose:

—Non mi ringraziare, perchè io non avevo intenzione di darti nemmeno un centesimo; ma sono tuo parente e mi pare che qualche cosa potrei fare per te, se non mi costasse nulla.

Continuava a guardare intorno e finalmente concluse.

—Per esempio, potrei fare un verbale, dichiarando di non aver trovato nel tuo studio tanta roba da pagarmi l'accesso giudiziario e la carta bollata...

Proseguì a bassa voce:

—Fammi il piacere di nascondere quella pipa di schiuma e quell'orologio d'oro...

Giusto nascose i due oggetti in tasca, per contentarlo, ma in buona coscienza credette in obbligo di dire sottovoce:

—L'orologio non è d'oro.

Allora l'usciere fece venire innanzi il suo sozio, e fra tutti e due, in fondo a una carta bollata, uno scrisse e l'altro attestò con la sua firma che nello studio di Giusto pittore non si era trovato nulla di buono da meritare il pignoramento.

Dopo di che, il sozio se ne tornò in pretura, e l'usciere volle tenergli dietro; ma il gran maestro lo trattenne per dirgli una parolina.

—Cristina... volle dire.

Ma l'usciere, rialzandosi quattro buoni pollici, assicurò bruscamente che era inutile parlare di sua figlia in quel momento.

—Ne convengo, disse umilmente l'innamorato, ma domani, doman l'altro; dimmi tu il giorno.

—Giammai, disse, e parve che la parola inesorabile fosse scritta in carta bollata.

CAPITOLO IV

Dal giorno del pignoramento non fu più possibile a Giusto incontrare Cristina per la via; Sant'Alessandro non vedeva più la sua piccola devota, nè alla messa del mezzodì, nè ad un'altra messa; e quando il pittore fu persuaso di questo, per essere rimasto tutta la mattinata di una domenica piantato come un pilastro (un pilastro inquieto veramente), a distribuire l'acqua santa a tutte le ragazze, allora non gli rimase dubbio che gli ordini del babbo usciere erano di mutar chiesa, d'andarsene alla prima messa a San Giorgio o a San Lorenzo. E Giusto una festa non fece altro che viaggiare da una chiesa all'altra; più semplice sarebbe stato piantarsi in faccia al portone di casa, ma egli temeva d'esser visto dall'usciere, il quale per difendere la legittima prole da quelle nozze che non gli andavano a sangue, sarebbe stato capacissimo di far perdere la messa e il paradiso a sua figlia.

Ma nemmeno a San Giorgio e a San Lorenzo, Cristina si lasciò vedere. Allora un fiero dubbio assalse il pittore innamorato: forse Cristina sua era ammalata!...

Questo pensiero gli era appena entrato nel cervello, e già Giusto era avviato a visitare la cara inferma.

Lo aspettavano insieme una gioia e uno sgomento nuovo: la porta di casa era chiusa, la portinaia informò che la ragazza con la fantesca erano andati in Brianza, per qualche giorno, mentre l'ufficiale giudiziario era rimasto a fare le sue citazioni e i suoi pignoramenti. Però, se Giusto volesse vedere il signor Ippolito dopo il tribunale, tornasse alle diciassette in punto, che a quell'ora per abitudine dava una capatina a casa, prima di andare alla trattoria a desinare.

Il pittore ne sapeva quasi abbastanza.

—In qual paese di Brianza? domandò alla portinaia.

—A Barzanò.

Il grande artista non chiese altro; col primo treno se ne venne a Monza, e di lì con la tramvia a Barzanò. Ma per quante ricerche facesse della casa dell'usciere Ippolito, nessuno ne aveva inteso mai parlare; e quando cominciò a dire di Cristina, dipingendola come sa fare un pittore innamorato, si sentì rispondere che ragazze belle quell'anno Barzanò ne aveva tante, perchè dopo agosto ne erano venute da Milano e da Monza almeno almeno una ventina, quasi tutte sparse per le ville, due o tre appena in paese.

Dio buono! essere a due passi da Cristina sua, e non poterla vedere!

Per altro, prima di sera, Giusto trovò la buona strada, essendogli stata indicata una villetta distante da Barzanò un chilometro e mezzo, dove una signorina con la fantesca, arrivate da poco, erano andate a stare in casa del notaio Cipolla.

La celebrità del notaio Cipolla era molta in Milano, perchè col mezzo del suo tabellionato vi si facevano gli intrugli più difficili; perchè la moglie sua, figlia d'un usciere famoso anche lui, si era fatto essa pure la celebrità d'essere una gazza di prima forza. Quanto il Cipolla era abbottonato e taciturno per necessità professionale, altrettanto la moglie era curiosa e ciarliera; e si aveva la prova parlante che il notaio, tornato a casa, abbandonava il sussiego per lasciarsi sbottonare e rivoltare tutto dalla legittima notaia fino a far vedere le fodere. Perciò il Cipolla metteva bensì insieme i più complicati meccanismi di società commerciali, in nome collettivo, in accomandita, e anonime, ma era raro che per l'opera sua si facesse un testamento.

Giusto gli aveva fatto una volta il ritratto a olio, non gli avendo strappato di bocca altro che monosillabi in tutte le ore delle sedute; questa volta, andando a fargli visita di proposito, lo inviterebbero almeno a desinare, facendolo sedere tra la notaia e Cristina sua, ed egli terrebbe sempre una mano sotto la tovaglia.

Disgraziatamente quel giorno il notaio Cipolla non era in villa, e quando Giusto ebbe chiesto di lui alla fantesca, e la fantesca gli ebbe risposto di cercarlo a Milano, egli non poteva far altro che andarsene.

Nondimeno si provò a domandar notizie di Cristina, ma ahi! la buona fanciulla era ammalata e appunto il dottor Cipolla era corso a Milano a informarne il babbo.

Giusto vedeva naufragare ogni sua speranza; non seppe decidere lì per lì se gli convenisse sfoderare la qualità di zio e di cugino, e insistere per essere messo alla presenza della signora notaia.... ebbe una vaga paura di perdere ogni frutto del suo viaggio se l'usciere ne venisse a cognizione, stette un po' a guardare intorno, forse sperando che la signora curiosa s'arrischiasse a tiro; infine se ne andò con l'unica speranza di non essere visto da nessuno. E almeno in questo ebbe fortuna, perchè nè il notaio nè l'usciere videro lui, ed egli vide entrambi arrivare mezz'ora dopo nel tram, mentre egli vagava come un cane battuto, nascondendo l'amore inquieto dietro i gelsi della campagna.

Non perdette di vista la villa fin che si accesero i lumi alle finestre; in una di queste la luce non si moveva mai, ed era sicuramente la camera di Cristina inferma. E di che male era inferma la creatura adorata? La fantesca non aveva saputo dir nulla; ma sicuramente era il mal di amore, un male così fatto che quando si attacca alla gente robusta la lascia in piedi, a vagare fra i gelsi, ad assorbire la rugiada serotina per tutti i pori, e quando piglia una bambina bianca e delicata la stronca subito e la mette a letto.

Giusto vagò molta parte della notte intorno al villino, tenendo desti i cani di guardia che empivano la campagna co' latrati; cercò sempre il lume acceso, con una speranza impossibile, cioè che la sua innamorata avesse a distinguere il passo di Giusto per le zolle dei campi e potesse correre alla finestra a mandargli un saluto, a dirgli a bassa voce: «io sto meglio e t'amo».

Invece quella notte Giusto si buscò solo una febbre reumatica, e quando a ora tarda andò a svegliare l'albergatore di Barzanò batteva i denti come un dannato.

E là, all'insegna della Corona, si mise a' letto, e la mattina chiamò il medico condotto, e per sua virtù rimase in paese quindici giorni buoni tra vita e morte.

Nello svegliarsi da quel lungo sonno, apprese che erano venuti a vederlo il notaio Cipolla e il cugino Ippolito, ma egli non aveva riconosciuto nessuno, che Cristina era guarita perfettamente e che la sua malattia era stata un'angina leggiera… e che altro? e che ora Cristina, più fresca e più bella di prima, era tornata a casa in compagnia del babbo.

Ah! quanto male gli faceva il medico condotto dandogli queste notizie! La sua fanciulla non aveva nemmanco saputo della presenza di Giusto ammalato, se no, sfidando tutte le collere dell'usciere, avrebbe dichiarato di non voler tornare a Milano se prima non avesse visto il caro infermo.

E pure, mentre l'ammalato si affliggeva, la natura più forte di lui gli dava un benessere singolare, una contentezza non mai provata prima, un entusiasmo gentile al contatto del quale la melanconia era quasi nulla. E talvolta, accarezzato dalla convalescenza, riconosceva che la vita è buona e che si può godere sempre qualche cosa, pur di accontentarsi di poco e di rassegnarsi molto.

Ma subito succedeva il terrore pazzo di dover vivere tutti gli anni della sua esistenza separato dalla fanciulla amata; e la rassegnazione gli sembrava impossibile quando gli fosse piombata sul cuore la notizia feroce che Cristina sua era fidanzata, che Cristina era sposa e madre dei figli d'un altro uomo. Ah! questa idea soltanto guastava tutta la felicità della convalescenza!

CAPITOLO V

Un giorno Giusto era di buon umore. Stando sul letto dell'albergo, gli venivano baldanze d'uomo sano; diceva a voce alta a se stesso, diceva all'oste diventato amico suo: «io mi sento bene; il dottore non capisce nulla, mi vuol tenere a letto, mentre stia a vedere che io mi levo, mi vesto e me ne vado a Milano senza pagare il conto. Scommette lei?»

L'oste era incapacissimo di fare scommesse simili; del conto era sicuro; quando fosse l'ora giusta, l'ospite suo se ne andasse pure senza pagare; ma ora rimanesse a letto per non guastare tutto.

Quella mattina venne il notaio Cipolla; era abbottonato come il solito, e la sua visita fu breve, perchè egli non aveva mai molte parole a dire; ma negli stenti di quella conversazione il pittore ebbe un'idea allegra: «far testamento!»

E la manifestò con faccia seria.

—Senta notaio, io voglio dettarle le mie ultime volontà.

Il notaio Cipolla sbarrò tanto d'occhi, sembrando dire: che sorta di volontà ultime può aver lei?

—Voglio far testamento. Mi vuole aiutare?

Il notaio Cipolla rispose di sì, che voleva, perchè in fin dei conti era il suo mestiere; però che necessità aveva il signor Giusto di far testamento, quando gli si aprivano un'altra volta le sorgenti della vita, d'una vita lunga, perchè a giudicare all'ingrosso.... che età poteva avere il signor Giusto?... meno di quaranta....

—Trentasei... sonati.

—Dunque?

Ma detta questa ultima parola, il notaio si arrestò sbigottito forse di aver parlato troppo, o d'aver parlato male. Non era forse obbligo suo professionale predicare il contrario, dire ai giovani e sani: «testate fin che siete così: può venirvi il tifo quando meno ve lo aspettate, e avrete il rimorso di andarvene all'altro mondo senza aver accomodato a piacer vostro le cose di questo.»

Invece, tanto bene era entrata nel cervello del notaio l'idea che quel faro della pittura lombarda non avesse il becco d'un quattrino, che correggendo il suo pensiero di prima ne espresse un altro quasi consimile.

—Che necessità ha lei di fare un testamanto con l'opera di un notaio? Faccia un testamento olografo. Non sa fare? Le insegno subito... Un pezzo di carta qualunque...

No, no. Era inutile. Giusto voleva fare la cosa davanti a notaio e ai testimoni, e in carta bollata.

Il notaio Cipolla non fiatò più.

—Vorrei far subito.

—Facciamo subito.

Lì per lì il notaio mandò a prendere due fogli di carta bollata, e Giusto volle pagarli senza aspettare il conto; si chiamò l'oste, il quale chiamò il cuoco, il cameriere e lo sguattero, tutti testi idonei maschi e d'età maggiore, e Giusto dettò senza ridere, mentre ne aveva una voglia straordinaria.

«Del mio piccolo patrimonio di dugento mila lire in cartelle del Debito pubblico italiano, che si troveranno nel cassetto della mia scrivania, faccio quattro parti uguali fra i miei cari parenti, non avendo nessuna ragione di favorire uno piuttosto che l'altro, essendomi provato che essi valgono uno quanto l'altro.

«Lego dunque L. 50.000 al mio buon cugino prete Barnaba, con l'obbligo di dire egli stesso, se sarà vivo al tempo della mia morte, o di far dire da un altro prete della sua chiesa, dieci messe in suffragio del mio purgatorio. Regalo ancora allo stesso mio cugino prete Barnaba la Madonna dei sette dolori che mi propongo di dipingere e che egli farà collocare nella Cappella dove dice messa.

«Lego L. 50.000 al mio cugino Venanzio Bordini.

«Lego L. 50.000 a mio zio Bortolo Negri, negoziante di carni di macello.

«Lego L. 50.000 a mio cugino Ippolito Portatore usciere.

«Lascio i quadri e tutto quanto si troverà nel mio studio alla mia morte, alla mia cuginetta Cristina, figlia di mio cugino Ippolito.

«E augurando ai miei cari parenti di vivere lungamente per seppellirmi con poca spesa, trasportandomi al cimitero monumentale in un modesto carro di seconda classe, terza categoria, mi sottoscrivo

«GIUSTO GIUSTI.»

Mentre andava empiendo di sgorbi le sue carte bollate, il notaio Cipolla pensava, pensava anche l'oste, e il cameriere pure; e i loro pensieri, avviati sulla medesima strada, erano di meraviglia mista a un lontano sospetto di corbellatura.

Ma il testatore era rimasto serio, sapendo bene che se gli fosse scappato da ridere tutto l'intento suo sarebbe fallito.

E qual era il suo intento? Niente altro che beffarsi, con poche lire di carta bollata, dei suoi parenti ricchi e miserabili.

Non l'aveva tentato alla commedia testamentaria la sciocca soddisfazione di lasciar con un palmo di naso i suoi eredi quando egli avesse a morire; tutt'altro; egli si sentiva rinascere, gli pareva chiaro che toccasse a lui seppellire a uno a uno tutti i suoi cugini e suo zio macellaio, e a suo tempo avrebbe fatto volontieri questo ufficio pietoso. La celia diventava saporita per la sicurezza che il notaio Cipolla, tornato a casa, avrebbe detto ogni cosa alla notaia, la quale, in gran confidenza ne avrebbe informato prima l'usciere e poi tutti quanti.

Giusto s'anticipava con l'immaginazione la faccia mortificata di zio Bortolo, di prete Barnaba e di ogni altro cugino suo nell'apprendere che il gran pittore non solo era un faro, ma anche una borsa piena e capace, capace di dare una musica allegra di marenghini.

Essendo tutti più maturi (salvo uno, cugino Venanzio), avrebbero poca speranza di toccar nemmeno con un dito l'eredità, e questa sarebbe la loro punizione; che Giusto già si vedeva rifiorito meglio di prima. Insomma, cominciava per lui la festa; solo, avrebbe un po' di noia per pagare il conto dell'oste, e più tardi il notaio…. ma chi sa che non potesse, durante la convalescenza, indurre l'oste a posare; e forse ancora, il ritratto del notaio Cipolla avrebbe il bisogno di essere ritoccato, anzi ne avrebbe bisogno di sicuro, perchè una volta il Cipolla portava la barba come un capuccino, ma poi sentendosi crescere la dignità del tabellionato si era pelato come un ginocchio…. E… e che altro?

Che altro? Soltanto questo: che il cugino usciere, sapendo il pittore ricco di dugento mila lirette, si affretterebbe a buttargli nelle braccia Cristina cara, Cristina bella.

E perchè all'idea di avere l'amor suo per questo mezzo, Giusto si sentì venire uno scrupolo?

Perchè il grand'artista era anche un uomo semplice, capacissimo, quanto qual si sia bandito, di rapire la sua innamorata, ma alla luce del sole, tenendo in rispetto il suocero e gli altri avversari, se ce ne fossero, con un trombone calabrese spianato, ma mettere la mano sulla propria felicità con un'astuzia, anzi con un inganno, gli repugnava.

E fu tentato di dire al notaio Cipolla, il quale finiva in silenzio l'atto solenne, che avendo voluto fare una celia ai suoi cari parenti, era già pentito. Guardò sott'occhio l'oste e i testimoni, e gli parvero quattro brave persone contente in modo straordinario di assaggiare la dignità di testi idonei; ebbe pietà di loro; temette la collera muta del notaio corbellato, e compì la corbellatura firmando la carta bollata, e ringraziando tutti quanti di averlo aiutato in quella impresa. Ancora non rideva.

Rise, appena notaio e testimoni furono fuori dell'uscio, rise senza far rumore, e lungamente rise, poi si lasciò venire in mente tutto il buono che dalla corbellatura poteva nascere, e il buono non gli pareva dover essere gran cosa; ma la soddisfazione di tener inquieti i suoi legatari, e un giorno crescere la loro inquietudine con un altro testamento, segreto davvero (che il segreto sarebbe affidato prima alla ceralacca che al notaio Cipolla) ciò rendeva propriamente felice quell'anima ingenua d'artista.

E non ebbe più scrupolo della menzogna in carta bollata per carpire la propria innamorata. Decise subito di essere guarito senza aspettare la licenza del medico, si levò a sedere sul letto e stette un po' come a tastarsi tutto mentalmente; e si sentì sano più d'un pesce, cioè vispo al par d'un bambinone risanato appena. Si levò di letto in un batter d'occhio, e corse ad empire di meraviglia i suoi complici testamentarii, i quali avevano sempre inteso dire che fare il proprio testamento allunga la vita, ma non sapevano ancora, e toccavano con mano, che acceleri la guarigione di un caso difficile.

Ed era dunque stato un caso difficile il suo?

Altro! Un tifo famoso, fino alla terza settima; invece di andare all'altro mondo, come sembrava disposto a fare, Giusto aveva cominciato a guarire: in venti giorni eccolo lì... in piedi, arzillo... dimagrato, ma appena appena.

Giusto era in quello stato di beatitudine degli scampati a morte; gli sembrava d'essere un po' eroe, cioè d'avere sfidato il malanno e a vincerlo avessero contribuito una fibra resistente e una volontà delle più straordinarie.

Volle uscire per farsi radere e il cameriere lo accompagnò in bottega del più vicino barbiere, al quale affidò l'ospite prezioso.

—Devo venire ad accompagnarlo fra mezz'ora?

No; Giusto saprebbe fare da sè; prima di tornare a Milano non mancherebbe di stringere la mano agli amici della Corona, ringraziare il notaio e il dottore; più tardi farebbe il proprio dovere di pagare il conto e dare la mancia al cameriere... ora no, perchè era capitato a Barzanò con poco denaro...

Ma le son cose da dire?

Un uomo come Giusto, dopo un testamento simile, vi pare? può anche non pagare un soldo e non perde dignità; la sua reputazione rimane intatta.

Il faro della pittura lombarda, rimesso a nuovo prima dal dottore e ora dal barbiere, vistosi nello specchio molto magro, ma contento della sua magrezza, andò a salutare il dottore, che non trovò in casa, poi il notaio Cipolla, o per essere più nel vero, la signora Cipolla.

E indovinò veramente che la notaia sapeva del testamento, che sapeva dall'a fino alla zeta, perchè quella perla di suo marito non aveva avuto segreti con la sua metà legittima.

Dov'era ora il caro notaio?... Tornato a Milano per suoi affari, ma non rimanesse in piedi, doveva essere debole dopo una malattia simile, si accomodasse un momentino a far due parole...

—Grazie, grazie.

E Giusto si fregava le mani, pensando: questa gazza parlerà, non vede l'ora di spifferare il segreto di suo marito a tutti gl'interessati.

—Lei se ne ritorna a Milano?

—Sissignora.

—Beato lei, la mia penitenza della campagna durerà ancora una settimana, poi me ne torno al nostro bel Milanone... dov'io spero di vederla qualche volta.

Giusto chinò il capo, e disse ancora una bugia, assicurando che non desiderava di meglio...

Alle diciassette, rientrava nelle sue stanze abbandonate, e spalancava le due finestre, perchè con l'aria settembrina vi entrasse l'alito di nuova gioventù che porta seco la guarigione.

CAPITOLO VI

Ma Giusto non era contento fin che non avesse visto la sua Cristina, e quando fu domenica ricominciò la visita delle tre chiese; cominciò da S. Lorenzo, che era la più lontana, passò per S. Giorgio e poi, con poca speranza, finì a Sant'Alessandro, ed ebbe proprio la fortuna di veder Cristina sua scendere la gradinata, mentre egli imboccava la piazza. La fanciulla del suo cuore era quasi sola, perchè la fantesca era sorda come un campanone, e a dirle quattro paroline come all'occasione il grande artista ne sapeva dire, diventerebbe cieca e muta. Giusto affrettò il passo.

Quando fu accanto alla cuginetta, le prese paternamente un braccio, e la ragazza voltandosi, disse:

—Oh! che piacere; zio Giusto!

Invece di protestare, il pittore accettò quel grado di parentela, pensando che agli occhi della fantesca la famigliarità di zio è forse una cosa lecita, mentre da tempo immemorabile i cugini hanno poca reputazione.

E tenendo la mano della nipotina, se ne andò lentamente con lei lungo la via Olmetto. La fantesca, come se fosse necessario, si era tirata indietro per non stare ad ascoltare i discorsi dei padroni, e così, senza perder tempo, Giusto informò Cristina d'essere stato a cercare di lei quando essa era a Barzanò, d'aver girato mezza la notte intorno alla casa dove la sua cara ammalata soffriva, senza potervi penetrare, e che si era poi buscato il tifo.

—Il tifo! ora sta bene?

Benone!, sopratutto se Cristina acconsentisse a una proposta che il pittore le farebbe.

—Dica...

Giusto aveva tante proposte sulla punta della lingua, ma una, la più vagheggiata, al momento buono gli parve di un'audacia spropositata, e se la tenne per un'altra volta.

—Dica, dica.

E il pittore disse. Disse che se Cristina volesse un tantino di bene a lui, poveretto, poteva renderlo il più beato dei mortali.

Cristina abbassò gli occhi un momentino, poi rialzandoli risolutamente e mettendoli in faccia allo innamorato, domandò a bassa voce:

—E come devo fare?

—Rifiutare qualunque marito ti venisse offerto dall'usciere fosse un usciere, o un cancelliere, o il pretore medesimo, fosse anche il primo presidente della corte d'appello; dichiarare tranquillamente di non volere sposare un altro uomo il quale non fosse Giusto Giusti.

Cristina curvò il capo sul petto, e parve al disgraziato amatore che essa volesse dirgli alla muta non poter mai trovare tanto coraggio.

—Ti manca il core?

—No, rispose Cristina con semplicità; quello che mi domandi l'ho già fatto.

—Dio grande! Possibile mai?

La fanciulla non aggiunse parola.

—Possibile mai! mormorava Giusto; e tuo padre?

—Io aveva paura di lui e non lo guardavo; rimase un pezzo dinanzi a me, senza dirmi nulla, poi se n'andò in silenzio; aprii gli occhi e non piansi più.

—E da quel giorno il babbo è mutato?

—È rimasto lo stesso; e questo mi sgomenta; non ho io ragione?

Giusto pensò un poco, e riconobbe che la bambina non aveva torto.

46

Gli si affacciò ancora, e più insistente che mai, l'idea di proporre a Cristina una magnifica fuga, ma la lingua gli si ribellò ancora. E pure che altro fare? Cristina aveva diciasette anni appena, e per farla in barba all'autorità paterna, bisognerebbe aspettare l'età maggiore; d'altra parte, per quanto ringiovanito dalla convalescenza, Giusto Giusti vedeva chiaro chiaro che quando i trentasei sono sonati, non è utile, anzi è inutile, anzi è dannoso, ritardare le nozze cinque anni, come a dire cinque secoli eterni.

—Ah! Cristina mia, quanto siamo infelici!

—Non è vero che siamo infelici, se ci vogliamo bene! Sapremo aspettare, non è vero?

—Io, no, non posso aspettare perchè sto diventando vecchio, volle esclamare Giusto, ma sentì sfuggire la mano di Cristina.

—Ecco il babbo!

E veramente l'usciere veniva loro incontro con la solennità delle grandi occasioni, almeno così parve ai due colpevoli; invece quando fu a tiro, l'ufficiale giudiziario aprì le labbra a un sorriso amabile.

—Chi vedo qui con mia figlia? Sei dunque guarito bene? Abbiamo avuto tutti una paura, una paura... Non è vero, Cristina?

Cristina guardò suo padre in un certo suo modo ingenuo e non rispose nulla.

—Sicuramente, era il tifo addominale; forma leggiera per fortuna, se no, caro il mio Giusto, te ne andavi ad patres; lo dicevamo sempre in casa, non è vero, Cristina, che lo dicevamo? quel poveretto se la vede brutta, e ce la fa vedere brutta a tutti quanti... Non è vero, Cristina?

Ma no, non era vero niente affatto; e per quanta fosse la contentezza della buona ragazza nel veder così trasformato suo padre, non volle mentire per compiacenza.

—Ti sbagli, babbo; io non ho mai saputo a Barzanò che lo zio fosse ammalato; ne seppi qualche cosa tornata a Milano, ma non credevo una malattia così grave...

—Ah! sì, è vero; a te non s'era detto nulla perchè tu stessa eri stata ammalata; avevi la pleurite falsa. Dunque, cugino caro, ora vogliamo mettere un po' di carne attorno alle ossa, non è vero? perchè sei dimagrato un poco... ma poco veramente... e... scommetto che tu venivi in casa mia?

Dai modi dell'usciere, dalle sue parole, Giusto argomentava, senza paura di errore, che il notaio, o la notaia, avesse messo in circolazione le clausole del testamento, e si sentiva preso allo stesso tempo dalla soddisfazione che la burletta gli fosse riuscita, dallo scrupolo che fosse riuscito troppo, e da una contentezza veramente stupida, come se la somma della quale aveva disposto per testamento gli ballasse entro la saccoccia.

—Sì, veramente ero diretto a casa tua, ma sul portone di casa mi sarei fermato un momentino a salutare Cristina, e me ne sarei tornato allo studio.

—Oh! cattivo! non avresti salito le scale per vedermi?

—Parola d'onore, non le avrei salite; forse avrei detto a tua figlia di salutare suo padre, ma non ne sono sicuro.

L'usciere si accontentò di quella risposta.

—Manco male, disse; e ora accompagniamo Cristina a casa; poi sarò a tua disposizione, perchè... perchè anch'io venivo a trovarti in studio.

I due cugini, pigliando in mezzo la fanciulla, si avviarono in silenzio.

L'usciere andò cercando per un poco un argomento di discorso, e trovata la subasta di un palazzo cominciato appena, ne empì tutta la via Disciplini quanto è lunga; Cristina e suo zio tacevano, guardandosi ogni tanto; la fanciulla ingenua aveva lasciato penzolare la mano sinistra lungo il fianco, altrettanto aveva fatto il pittore, e così le mani loro si incontravano ogni tanto senza paura di nulla, perchè la fantesca sorda si era affrettata a passare innanzi ai padroni per aprire l'uscio di casa.

Ma arrivati al portone, Giusto non volle salire per niun conto; aveva molto a fare in studio, perchè se l'usciere la domenica è libero press'a poco, l'artista, il quale deve cogliere l'ispirazione quando si presenta, non può santificare le feste... si capisce?

Si capisce chiaramente.

Così l'usciere si attaccò ai piedi di Giusto.

Nella via del ritorno seguì il contrario; Giusto ciarlava come una gazza, ciarlava di cose che molti uscieri non capiscono, anzi sembrava scegliere appunto quelle per aver il gusto di vedere l'ufficiale giudiziario approvare col capo tutte le arditezze. Finalmente l'usciere n'ebbe fin sopra il cappello a staio di approvare tutto quello che non avrebbe inteso mai, campasse ancora un secolo, e disse tranquillamente:

—Ti ho lasciato dire perchè pensavo ad altro, ma la verità vera è che io sono un po' pentito della risposta dell'altro giorno...

—Che giorno?

—Eh! lo sai bene; non sarai offeso della prudenza d'un padre; in fin dei conti ho una figlia sola, e dovevo prendere le mie precauzioni.

—Non ti capisco...

—Ti vendichi; vuoi che mi umilii...

—Non voglio nulla da te; saprò aspettare...

—Eh! via, non sono cose da fare, nè da dire; non è meglio sposarsi subito quando si può? dillo tu.

—Sicuramente è meglio; se tu mi dai Cristina me la piglio; non ho altro a dirti; se tu non me la dai, me la piglierò più tardi.

L'usciere, invece d'andare in collera a questo parole audaci, ne sembrò rallegrato. Diceva, parlando a se stesso:

—Tutti così questi artisti!, come se ne avesse conosciuto intimamente una mezza dozzina.

Si fece serio:

—Io voglio il bene della mia figliuola; ho già visto che essa ti vuol bene; ma non si vive di solo pane, e tanto meno di amore. A un buon matrimonio occorre molto companatico, delle vesti da estate, da inverno e da mezza stagione, dei mobili non dipinti soltanto ma da potersi pignorare al bisogno, occorre un buon contratto di locazione, cinque o sei stanze almeno e una cucina... possono nascere in poco tempo dei piccini nudi e affamati; e ci vogliono molte fasce e altro vestiario e un numero sterminato di pagnotte per tirarli su omini come il padre e il nonno... Ne convieni?...

Giusto ne convenne pienamente con un cenno del capo, ma non rispose sillaba.

—Dimmi una parola che mi accontenti, e Cristina è tua; se non vuoi dirla per me, dimmela per lei; ora la felicità è in tue mani... parla.

Giusto tenne il capo basso senza rispondere.

Camminarono così un buon tratto in silenzio.

L'usciere pensava: egli non ha rinunciato a Cristina se aspetta solo la sua maggiore età per sposarsela a mio dispetto; e perchè allora ha fatto testamento? Bizzarrie d'artista!, e se intanto egli morisse senza pigliar moglie, il testamento sarebbe valido, e io spartirei con gli altri; ma egli per farmi dispetto potrebbe fare un altro testamento privandomi della mia porzione; e allora? Allora zero. Quasi quasi gli dico «sposala,» ed egli la sposa, ed i miei cugini restano con un palmo di naso, chè senza annullare l'atto d'ultima volontà con un atto posteriore, tra mia figlia e lui, scommetto, s'ingegneranno subito a mettere al mondo un erede legittimo... Ma perchè prima di quaranta anni ha fatto testamento? perchè bisogna pure farlo una volta, e io l'avrei già fatto se non ne avessi visto l'inutilità. E perchè ha fatto testamento quando cominciava la convalescenza? Appunto perchè aveva toccato con mano che si può essere spediti all'altro mondo dal tifo quando uno meno vi pensa. E perchè si lasciava pignorare i mobili? Perchè erano soltanto dipinti, e non voleva pagare l'esattore.

Tutte queste domande trovavano pronte e chiare risposte. Una sola non ne aveva alcuna: come mai Giusto, disponendo di tanto capitale, era andato in giro per tutta la sua parentela a chiedere l'impossibile: mille lire in prestito?

Il quesito strano lo impensieriva da un pezzo, per quanto si provasse a dire a se stesso che gli artisti hanno molte stramberie per la testa. Ma chi sa mai? Giusto aveva voluto esperimentare la generosità dei parenti, e visto che uno non valeva meglio dell'altro, aveva pensato di punirli tutti quanti testando con atto di notaio, e annullando l'atto con un testamento olografo di data posteriore. A questo punto diede un'occhiata al compagno silenzioso. Ah! era chiaro. A quest'ora egli aveva nominato erede universale l'istituto dei rachitici, o la famiglia artistica!

Giusto a capo basso pensava:

Non vi è dubbio che il notaio si è sbottonato in faccia alla notaia; ed è certissimo che la notaia ha portato in giro per Milano la notizia del testamento. Ora questo usciere minchione è tentato di credere che io sia ricco e avaro, sta pensando un po' al pignoramento e alle mille lire, ma finirà col mettere ogni cosa in conto della mia avarizia sordida. Posso sfruttare la falsa opinione di mio cugino perchè si lasci uscire di mano sua figlia, sposarmela ed esser felici a dispetto di tutti; ma io non posso incoraggiarlo con una parola, nemmeno con una sillaba, non posso proprio; la corbellatura per celia mi piace, l'inganno mi repugna.

Così pensosi entrambi arrivarono allo studio.

Sulla lavagna dell'uscio, dove Giusto aveva scritto col gesso: «uscito alle nove; sarò di ritorno alle dieci», si leggeva: «Prete Barnaba arrivato alle dieci e ha aspettato un quarto d'ora, tornerà prima delle undici;» e ancora: «Prete Barnaba tornato alle undici, verrà mezzodì...»

—Nostro cugino Barnaba! esclamò il cugino Ippolito; che diamine vuole da te?

—Non lo so.

Ma quasi lo sapevano entrambi.

Giusto guardò l'ora; altrettanto fece l'usciere: poco mancava a mezzodì, l'ora del pranzo dell'ufficiale giudiziario; ma Ippolito non lo disse, perchè se prete Barnaba arrivasse all'ora giusta, direbbe la ragione dei quattro viaggi in meno di due ore.

Ippolito andò in giro per lo studio, ad ammirare le tele incominciate, dichiarando a voce alta che gli sembravano portentose, costringendo l'artista ad arrestarsi a un certo punto per ammirare anche lui l'opera propria.

—Ma sai che sei un grande artista! In verità non lo avrei mai sospettato; noi uomini di legge siamo tanto lontani dall'arte... ti voglio confessare che non ti credevo capace di essere un gran pittore... e sai perchè?... perchè sei mio cugino... Me lo credi?

Altro che! Giusto credeva tutto.

—Qualcuno mi era venuto a dire che tu avevi dell'ingegno...

—E non hai creduto?

—Ho creduto, perchè ingegno ne abbiamo tutti in famiglia; ma quando mi dicevano che stavi creando un'arte nuova, tutta lombarda, un'arte che bisognava guardare da lontano, da un certo punto di vista, che i colleghi ti incoraggiavano imitandoti, anche avendo invidia di te... allora...

—Non credevi?

—Che credere! Domandavo sempre: si è fatto ricco col suo pennello?, mi rispondevano di no.—Ebbene, dicevo, l'arte che non frutta è un'arte inutile... Ma ora, guardando da questo punto... fammi il piacere, mettiti qui tu stesso... e guarda…questa donna che si attacca un serpente alla mammella… è una cosa che fa pena, ma è bella… dillo tu stesso.

—Non è finita, perchè mi manca la modella, disse tranquillamente il gran pittore.

—Ti manca la modella? Ti è morta?

—No, mi manca il denaro per pagarla. Oh! prete Barnaba, scusami tanto, se ti ho fatto venire tante volte inutilmente.

Prete Barnaba entrò in studio con una certa paura delle tele dipinte e in ispecie d'un paravento che poteva nascondere il peccato carnale; entrò quasi in punta di piedi, guardandosi intorno e afferrandosi alla propria sottana per non mettere il piede in fallo. La sua faccia scolorita aveva la barba nera di una settimana almeno, e la piccola chierica era in gran bisogno del rasoio; il solino desiderava da gran tempo il bucato; la veste era tanto sfrittellata da sembrare una frittella sola; e per giunta una scarpa stava perdendo la fibbia.

—Oh! disse, quando ebbe la certezza che il paravento non nascondeva la tentazione del demonio; oh! anche tu qui! spero non sarai venuto a fare il pignoramento al nostro Giusto.

Ippolito sorrise e per entrare nella celia, rispose:

—Nè tu a confessarlo o a raccomandargli l'anima.

Sorrise anche prete Barnaba, e cominciò, come aveva fatto l'altro cugino, ad ammirare le tele; un Cenacolo incominciato gli piacque subito; ma si fermò davanti a Cleopatra e alle donnine del gran quadro dell'orgia; quelle donne mezzo spogliate tennero incerto il suo giudizio un gran pezzo; finalmente si decise ad ammirarle tutte.

L'usciere gli veniva dietro guardando ogni tanto l'orologio; mangerebbe la minestra riscaldata, ma ad ogni costo voleva penetrare il segreto di quella visita.

Finalmente il reverendo ebbe pietà, e confessò d'essere venuto per la

Madonna dei sette dolori.

—Ci ho pensato molto, dopo quello che mi avevi detto, e ho parlato al parroco; egli mi pare ben disposto, e se gli andrò a dire che ho combinato ogni cosa, che concorro anche io nel limite delle mie modeste forze, il mio altare avrà la sua madonna. Ti porto seicento lire per ora; nella settimana ventura il resto; sei contento? tu mi farai una Madonna dei sette dolori, come dicevi... da far piangere i sassi.... sarà il primo suo miracolo e sono sicuro che ne farà degli altri quando sia stata consacrata dall'arcivescovo. Bisogna però abbondare nella tela.... mi hai detto che una spanna di più o di meno a te nulla importa; ai devoti invece, una spanna di più cresce il valore...

—Della Madonna?

—Non dico propriamente questo, ma quasi.

Giusto aveva una irresistibile voglia di sparare in volto ai due cugini una risata omerica, ma si trattenne perchè insieme a quella tentazione allegra gli stavano venendo altre idee d'altro colore; idee insolite, capaci di disgustarlo a poco a poco dei parenti, degli amici e dell'umanità tutta quanta.

Sorrise appena appena alla propria fortuna, intascò le seicento lire facendone ricevuta, e siccome stava firmando senza pagare la tassa nemmeno questa volta, l'usciere intervenne con la sua autorità d'uomo del foro, e offrì al cugino la marca da bollo da dieci centesimi.

—Ti faccio risparmiare la multa di lire 40, disse.

—Grazie, rispose il pittore.

E ora l'usciere poteva andare a colazione; ma mentre guardava l'orologio ancora una volta, una voce domandò il permesso di entrare; e quella voce era così nasale da non si potere dubitare fosse d'altri che del cugino Venanzio.

L'usciere e prete Barnaba si guardarono alla sfuggita; vollero andarsene entrambi, e rimasero.

—Avanti, cugino carissimo!

CAPITOLO VII

Il cugino Venanzio non si sgominò punto nel vedersi dinanzi tanto parentado; intese che gli altri cugini erano venuti per lo stesso fine, e affliggendosi solo un poco d'essere arrivati tutti insieme nell'ora medesima, prese la determinazione fulminea di salvarsi.

—Io non voglio sapere, disse a bassa voce, che cosa siano venuti a far qui i miei cari cugini; tu ti stupirai di vederne qui tre riuniti, e io non mi meraviglierei quando ne arrivasse un quarto... Dunque parliamo chiaro: è vero o non è vero che tu sei milionario?... proprio, milionario, è la voce che corre per la città... Ma domando io: perchè sei venuto a chiedermi mille lire in prestito? Non te le ho potuto dare allora perchè non le avevo disponibili... Lo sai bene, non tutti i momenti sono buoni.... ma se mi assicuri che non sei milionario, come dice la gente, chiedimi ancora le mille lire in prestito, e io te le do, parola d'onore, senza pegno nè ipoteca, ma con un semplice pagherò a sei mesi al sette per cento. È tutto quello che posso fare per te. Se invece sei tanto ricco, prestami tu tutto quello che puoi, cinquemila lire o centomila... te le renderò forse col sette per cento anch'io fra sei mesi... fai la mia fortuna, e non rischi un millesimo.

Giusto sorrideva senza rispondere; prete Barnaba e l'usciere, i quali intendevano ogni parola, avevano la disinvoltura minchiona di gente colta in fallo. Parlavano entrambi allo stesso tempo, fissavano con attenzione straordinaria Cleopatra, e il reverendo si distrasse fino a toccare con un dito il serpicino viscido che mordeva la nuda mammella.

A un tratto l'usciere trovò un'uscita alla sua falsa disinvoltura, l'appetito che lo molestava da un poco, e disse con disinvoltura vera, guardando l'orologio:

—Volevo ben dire. È già la mezza, e non sono fra le gambe della tavola. La mia Cristina chi sa mai che cosa penserà di suo padre. Vi lascio ai vostri interessi; quanto a me, Giusto, tu lo sai, io ne ho uno soltanto, e non entra nella mia borsa.

Queste ultime parole vollero essere solenni, ma nessuno ne afferrò il giusto significato, nemmeno Giusto, il quale da un poco veniva sorridendo e pensando amaramente.

Prima che uno dei suoi cugini si allontanasse, il pittore decise di dire la verità, a costo della Madonna dei sette dolori, delle mille lire di Venanzio, e... di ogni cosa, ma non di Cristina sua.

—Ebbene, la verità di tutte le dicerie andate in giro sul mio conto è questa, ve lo giuro: io avevo sotto mano un notaio taciturno, ma dal quale scappa ogni cosa che gli si dica senza che egli medesimo se ne avveda; voi lo conoscete, è il notaio Cipolla; e quando avrete dei segreti da spargere al vento affidateli a lui. Io ho fatto per celia. Ho testato in un momento di buon umore, ho disposto di somme favolose che non ho posseduto mai. Ma non mi è venuto in capo di approfittare della mia burletta, e come vedete, al momento del profitto, vi rinunzio. Sono povero come Giobbe e così rimarrò; Cleopatra aspetterà ancora un pezzo, perchè io non potrò pagare la modella... tu prete Barnaba pensaci ancora stanotte; domani mi dirai se devo farti proprio la Madonna dei sette dolori; e se te la farò, sarà la più addolorata di tutte le Madonne; ecco le tue seicento lire.... al caso le riprenderò domani...

Prete Barnaba stava con tanto d'occhi a guardare ogni mossa del pittore famoso, il quale veniva contando i dodici biglietti da cinquanta.

Giusto diceva come parlando a sè stesso:

«Nel breve tempo che siete rimasti nel mio portafogli, non sarete già scemati, spero; ma io sono tanto fortunato... No, sono proprio ancora dodici... Contali tu.»

—Ah! io no, e mi meraviglio! esclamò prete Barnaba con la giusta indignazione dell'uomo sacro offeso nei suoi sentimenti umani e divini; io non ripiglio un centesimo; domani ti porterò il resto, e fammi il piacere di metterti subito al lavoro per il mio altare; se no, andremo prima in tribunale... poi all'inferno; ma v'andrai tu solo...

I cugini risero in coro di questa uscita di prete Barnaba, e intanto Ippolito e Venanzio facevano lo stesso pensiero: «prete Barnaba non crede un'acca...»

—Questa volta me ne vado proprio, disse Ippolito.

—Anch'io, annunziò Venanzio, e accostandosi fino quasi all'orecchio del pittore: le mille lire sono a tua disposizione.

—Anch'io, conchiuse il reverendo.

E passò primo fra i due cugini.

Quando ebbero passato l'uscio tutti e tre, il pittore volle ridere rumorosamente, ma quel rumore poco assomigliava all'ilarità. Allora il grande artista si abbandonò lentamente sopra un trespolo, dopo averne tolta la tavolozza e nettata la superficie con uno strofinaccio. E là, con gli occhi fissi su Cleopatra, si sentì mordere dai dentuzzi di un aspide viscido e freddo.

Il serpentello mordeva ancora, quando fu picchiato alla porta dello studio.

Era il figlio maggiore di Bortolo, il macellaio; un giovinastro di ventidue anni, grande e grosso, a nome Gerolamo. Veniva semplicemente a chiedere a suo cugino Giusto cinquanta lire in prestito fino al domattina.

Giusto ebbe fortuna.

Rispondendo ingenuamente di avere poche lire in tasca e di averne bisogno per i suoi minuti piaceri di pranzo e cena, le fece vedere sulla palma della mano.

—Serviti, disse.

Allora Gerolamo si contentò di una moneta di due lire che prese con molta disinvoltura.

Quando il pittore fu solo un'altra volta, si ricordò che nel taschino del panciotto aveva ancora le seicento lire di prete Barnaba, ma prima che dicesse grazie agli eterni, riapparve sull'uscio Gerolamo.

—Mi è venuta un'idea mentre me ne andava, e sono tornato.

Giusto senza invitarlo a farsi innanzi, lo lasciò parlare sul limitare, solo disse da lontano buttando i pennelli sporchi nel secchiello:

—Se non è per danaro, parla.

E Gerolamo parlò.

Disse d'una cottura che egli si era presa per una fanciulla magnifica, dell'ostacolo incontrato nel babbo macellaio, il quale avrebbe dato il suo consenso se l'innamorata fosse appartenuta in qualche modo alla macelleria; ma non voleva inparentarsi col tribunale....

Giusto a questa parola rialzò il capo dal secchio.

Volle chiedere bruscamente al disgraziato amatore il nome dell'innamorata; ma lasciò che egli continuasse senza interromperlo.

E Gerolamo proseguì a dire che il padre della fanciulla forse sarebbe contento, ma il macellaio assolutamente no...

—E la ragazza?... balbettò Giusto.

—La ragazza... mi piace tanto; sarà felice, assicurò Gerolamo.

—Ancora non lo sai?

Non ancora; ma il parere della ragazza contava poco; tutte le ragazze, nell'opinione di quel fatuo, sono felici al momento di sposarsi a un giovinetto ben pettinato, con due baffetti a punta, come era lui. Se lo sposo sa farsi voler bene, assicurò, tutte le ragazze adorano, e Gerolamo sapeva lui la buona ricetta di farsi adorare; molte carezze a certe ore, molta severità nel resto della giornata.

—Ah! la ricetta è questa?

—Sicuramente, questa sola: far intendere alla giovine sposa che tra lei e il suo padrone corre una distanza enorme, ma che questa distanza può sparire ogni tanto.

—Ah! così?

—Così, proprio.

Insomma Gerolamo era sicuro del fatto suo.

—E il nome della tua innamorata me lo vuoi dire?

—Non lo so ancora!

Ah! Giusto cominciò a respirare meglio.

—E il nome del babbo?

—Il notaio Cipolla!

Ma bravo Gerolamo! innamorarsi della figlia del notaio Cipolla!

Ottimamente.

—La conosci?

Niente affatto. Giusto non sapeva nemmanco che il notaio avesse una figlia. E che cosa poteva fare per contentare il suo giovine cugino? dicesse subito, che gli pareva d'esser l'uomo fatto a posta per accomodare un negozio simile. Almeno vi metterebbe tutta la buona volontà.

Si trattava di null'altro che di mansuefare il macellaio padre; al cugino pittore egli non negherebbe nulla.

—Ebbene mi provo. Quando vuoi che mi ci metta?

Subito, si capisce. Ma quando avesse persuaso ben bene il macellaio, bisognava dire una parolina anche al notaio Cipolla, suo futuro suocero… e poi un'altra alla mamma.

—E alla signorina, nulla?

—Per lei, basto io; sono sicuro che dirà di sì; l'ho vista dalla finestra, e, se non sbaglio, mi ha sorriso; ha una faccetta da madonnina, tutta bianca, come piaciono a me le faccette delle ragazze.

—Ah! ti piaciono così?

Sì, a Gerolamo piacevano così, con poco sangue; piuttosto melanconiche, perchè le ragazze melanconiche, prese per il giusto verso, si scaldano meglio delle altre. Davvero? Davvero.

Insomma, il meglio che potesse fare Giusto era di andar subito ad accomodare il negozio di Gerolamo, con una lontana speranza che qualcuno, il destino, o il caso, o il padre eterno, si volesse occupare del suo proprio negozio per accomodarglielo senza bisogno d'inganni repugnanti alla sua natura di artista inselvatichito.

Egli andò difilato da suo zio, e senza dir molte parole ebbe la sorte meravigliosa di rendere il macellaio mansueto come un vitello da latte.

Che il suo testamento da celia fosse arrivato agli orecchi di tutto quanto il parentado non ne dubitava, ma quando vide il ricco zio rammentare senza rancore al nipote artista la disgrazia dell'insegna della testa di manzo, capì di aver guadagnato molto nell'opinione del ricco parente.

E quando gli parlò dell'innamoramento di Gerolamo per la figlia del notaio Cipolla, vide che la cosa non era difficilissima come aveva creduto.

Solamente il macellaio si ribellava a andar in persona a chiedere la mano per suo figlio; diceva di non aver fatto mai cose simili; venisse invece l'altro da lui, e risponderebbe di sì. Giusto con pochissima fatica lo persuase che certe cose non mai fatte si fanno almeno una volta in vita. Sì, ma il macellaio aveva tre figlioli, e gli toccherebbe fare la stessa commedia tre volte? Sicuro che gli toccherebbe farla, ma la pena sarebbe infinitamente minore dopo la prima volta.

—Sì, ma la ragazza com'è?

Giusto non sapeva, e lo stesso Gerolamo non l'aveva vista altrimenti che alla finestra.

Al macellaio non piacevano le ragazze che stanno molto alla finestra; ma potrebbe fare un'eccezione per la futura nuora… E come si chiamava?... Lo domanderebbero al notaio...

—Senti, nipote caro, ti informerai prima tu, che sei in confidenza col notaio... Ma giusto, essendo come di casa Cipolla, non sai il nome della figliola!... non l'hai vista mai?

—Ecco, ti spiego subito: io non sono niente fatto come di casa Cipolla; io ho conosciuto il notaio in occasione di un certo contratto...

Il macellaio aveva chiuso gli occhi per vederci meglio; ma Giusto non aggiunse altro.

Allora zio Venanzio li riaprì.

—Senti, Giusto, mi hanno detto che tu hai fatto testamento; che idea ti è venuta, alla tua età? Io, per esempio, non l'ho fatto e non lo farò... è vero che ho tre figliuoli legittimi e il mio piccolo patrimonio basterà appena appena per sfamarli qualche anno e pagare i loro debiti; ho deciso quasi di fare testamento anch'io per diseredarli tutti, lasciando loro la legittima; il resto, perchè tutto non vada in mani ladre, potrebbe servire a qualche cosa... tu mi potrai consigliare. Tò! un giorno venisti a chiedermi una piccola somma in prestito; ti ricordi?... non so bene, credo duemila lire o tre, non rammento bene; io non te li potei dare non so più perchè... forse perchè non le aveva disponibili…. ti dissi le mie ragioni, tu le trovasti buone…. ora, quando ti occorresse qualche cosa non hai a far altro che parlare, e se t'incomoda venire fino da me, scrivimi un bigliettino... Puoi contare...

Giusto sembrava riflettere molto e non rispondeva.

—Non sei già offeso? non è vero?

Giusto disse di no risolutamente con un cenno del capo; e lo zio macellaio gongolando per quella energia del diniego insisté fino a ottenere una risposta più aperta.

—Dimmi che all'occasione conterai sopra di me... dimmelo... dimmelo.

E Giusto finì coll'acconsentire.

—Ci conto. Ma ora non ho bisogno di nulla e me ne vado dal notaio.

Giusto se n'andò difilato in casa Cipolla.

Il notaio era assente; avendo continue sedute con un suo collega per mettere insieme un magnifico contratto di compra-vendita fra due contraenti disposti a corbellarsi a vicenda, poco tempo gli rimaneva in quei giorni di stare in ozio a contare i fatti suoi alla legittima consorte.

La notaia sapeva questo solo, che uno dei farabutti voleva rivendere un grosso fondo ancora non pagato, e che l'altro farabutto voleva comprare senza pagare nemmanco lui; la difficoltà da parte dei notai doveva consistere tutta nell'impedire a uno di costoro di mettersi sotto l'altro.

—In ogni sorta di contratti uno solo paga; Cipolla vuole che sia l'altro, e non ha torto; si fa presto a perdere la reputazione.

Giusto, indifferente alla sorte di quella compra-vendita, guardava qua e là, mentre la notaia aveva aperto tutte le cateratte; egli sperava che da un uscio dei tre che mettevano in salotto apparisse l'innamorata di Gerolamo.

A un certo punto, per scampare a un diluvio di parole, interruppe:

—Ero venuto perchè mi premeva di parlare della signorina...

La notaia a queste parole tacque a un tratto, e per diventar la vera mammina della ragazza da marito, cambiò natura; si fece attenta, lusingò col sorriso, adulò senza dir parola.

Finse di credere che Giusto fosse venuto per conto d'un altro, e quando le fu permesso dalla dignità di suocera in erba, parlò così al suo genero presunto.

Parlò blandamente, fissando gli occhi nella parete dirimpetto. Parlò così:

—Lei non può credere che consolazione e che pena mi dà quando mi dice d'una brava persona di Milano, la quale ha visto mia figlia alla finestra e se ne è innamorato. Mi consolo perchè, come madre, spero sempre di trovare un uomo generoso tanto da.... mi affliggo perchè finora non l'ho mai trovato, sebbene molti passanti abbiano alzato gli occhi alla finestra e si siano innamorati di Nina.... ma la maggior parte degli uomini non sanno tollerare un... Sa lei se il suo giovinetto sia diverso dagli altri?

Mentre la notaia diceva della pena e della consolazione, trottava per la testa di Giusto l'immagine di Cristina bella che gli pareva d'aver dimenticato da un quarto d'ora, e non era vero; sulle prime non s'avvide delle reticenze, poi le afferrò senza cercarne il significato, poi cercò senza indovinare.

All'ultimo confessò:

—Non capisco niente; la sua ragazza che cos'ha? È malata molto?

—Per grazia di Dio, no; Nina è sana come un pesce... ma...

—Ma che cosa?

—Lei non ha visto mai tutta la mia Nina?

Giusto non l'aveva vista mai nemmanco mezza.

E se la mamma permetteva...

La notaia si levò di scatto, disse a quello che a lei sembrava l'ombra di un genero, di aspettare un momentino e se ne andò nella camera della sua figliuola.

Come mai un leguleio taciturno e una gazza avevano generato una creaturina così soavemente bella? Nina era tutta bianca, tutta bionda e gentile; gli occhi buoni, quando non erano fissi sopra un libro, guardavano lontano, a un ideale perduto per sempre. La faccetta pallida, involta in un velo di melanconia, dava l'idea di essere un'apparizione di cielo.

La notaia venuta in presenza di sua figlia parve un'altra donna; e veramente era un'altra; era una madre; la sua faccia, la sua voce, i suoi modi, s'ingentilirono.

—Bimba mia, ascoltami.... lascia stare quel libro, se non ti spiace; senti bene... vi è di là...

Allora Nina, fissando gli occhioni spauriti in faccia alla madre, cominciò a tremare per tutta la persona.

—Ecco... ti piglia ancora il tremito: di che hai paura? È un bell'uomo, un artista come vorresti tu... io lo so bene... non è più tanto giovane... a te piace così... io lo so perchè le mamme leggon nel cuore delle loro bimbe... Dunque non tremare... Lascia che egli ti vegga... Vuoi? Chi sa? Potrebbe essere lui...

Nina non rispondeva; la gazza continuò a mormorare come una tortora.

—Tutti quelli che si erano innamorati di te non ti piacevano e non gli hai voluti nemmeno vedere; non bisogna far così; fra tanti uno avrebbe potuto sposarti, col tuo difetto invece gli hai respinti tutti.

Nina alzò gli occhi a guardare la mamma, e fece un no melanconico col capo.

—Ah! sì, è vero; uno ti piaceva, era un bel giovane, faceva dei sonetti e il disgraziato ebbe paura.... ma non credere che tutti siano così; questo qui è un pittore, è un bell'uomo, è anche ricco... chi sa? potrebbe aver più cuore e più criterio degli altri... no, no, non ho detto pietà, ho detto più cuore e più criterio, e m'intendevo anche più amore. Te l'accompagno? Vuoi?

Nina chinò il capo sul petto e lasciò penzolare le belle braccia bianche lungo i fianchi.

—Ah! bravissima; io vi lascerò soli, e tu gli parlerai come vorrai.

Vado e vengo... dammi un bacio.

Pose sulla bocca porporina della figliuola le sue labbra irrequiete e se ne andò. Sull'uscio si trattenne ad avvertire che il pittore forse avrebbe finto di venire per un altro.

Nina rimase nell'attitudine d'una smemorata finchè Giusto e la mamma furono sul limitare.

—Nina, mormorò la mamma da lontano, possiamo entrare...?

Non attesero risposta.

La ragazza si levò reggendosi al bracciolo del seggiolone, e rimase in piedi fin che Giusto le fu dinanzi, fatto mutolo dalla bellezza gentile.

—Si accomodi, balbettò la povera creatura rimettendosi a sedere con abbandono.

La mamma intanto poneva innanzi un monte di parole per dir meno di nulla; all'ultimo le parve che di là la chiamassero.

—Mi scusi, vengo subito.

Rimasto solo con la signorina, il pittore fece una vecchia osservazione curiosa, cioè che tutte le belle donne le quali aveva viste in vita sua lo avevano impacciato, le bellissime no. E con la schiettezza sua domandò alla signorina il perchè di questo.

Nina si fece rossa, rise e rispose senza ombra di modestia che non sapeva.

—Lo so forse io, aggiunse celiando il pittore; le donne così dette belle nascondono sempre un loro difettuzzo che lo spettatore non riesce a scoprire subito, e questo lo turba; le veramente belle non nascondono nulla all'ammirazione contenta. Forse è così.

Forse. Sicuramente era un madrigale ardito. Nina mise in faccia al pittore poeta due raggi di sole melanconico, e gli disse:

—Lei non mi ha vista tutta prima d'oggi, non è vero? Nessuno mai le ha parlato di me, nessuno che mi abbia vista in strada, dove scendo poco? e per questo non sa il mio difetto odioso, insopportabile, che le farà mutare opinione sul conto mio.

Giusto sorrideva al sorriso di lei, e senza intendere ancora frugava con lo sguardo la pallida creatura.

Nina, facendosi ancora forza per sorridere, aggiunse con voce intelligibile appena:

—Dunque non sa nulla? Io sono storpia. Vuol vedere? Non si turbi poi troppo.

E senza attendere risposta si staccò dalla poltroncina per attraversare la stanza. Ahi! povera creaturina bella! Quell'angiolo zoppicava.

Andò sbilenca fino a una libreria per riporre il libro, ne prese un altro, e sempre sorridente, tornò al suo seggiolone accanto alla finestra.

Ma spuntarono sugli occhi meravigliosi le lagrime trattenute fino allora, e le manine bianche non furono pronte a celarle.

Ora Giusto era turbato veramente.

Non sapendo che consolazioni di parole potesse dare a quella dolente, avvicinò la sua seggiola alla poltroncina, e senza parlare, con la amorevolezza di un fratello le accarezzò le mani bianche, fra le quali sfuggiva il pianto silenzioso.

E parve a lui che se fosse venuto a chiedere la mano di quella storpia bellissima, ora sarebbe stato il magnifico momento di buttarsi ai suoi piedi per adorarla in ginocchio, e scongiurarla di darsi a lui per tutta la vita.

Ma egli era venuto solamente per conto del figlio del macellaio, e Cristina sua, perfino dinanzi a quell'amore di fanciulla, era rimasta nell'istesso altare, anche lei bellissima, adorata essa sola.

E Giusto avendo pensato così, così volle dire.

—Perchè si affligge tanto? Che cosa le fa tanta pena? Me lo dica.

E siccome Nina non voleva dir nulla, ma cominciava ad asciugare le lagrime vergognando d'essere stata debole, l'artista proseguì abbassando la voce per renderla più insinuante e dare alle proprie parole la dolcezza dell'intimità.

—Sicuramente è un difetto, ma compensato da... tutto il resto. Qual uomo non lo perdonerebbe a una donnina amata?

Tacque lungamente per dar tempo alla bella creatura di ricomporsi.

Essa domandò con un filo di voce: «davvero?»

E in quell'unica parola mostrò insieme tanto dubbio e tanta speranza, che Giusto, rammentando che ancora non aveva detto nulla del vero pretendente, si affrettò a conchiudere:

—Mio cugino l'ha vista alla finestra, si è molto innamorato di lei, ha pregato me di venire in casa sua a vedere se mai fosse il caso...

—E lei ha visto ora che non è proprio il caso, interruppe Nina ripigliando il sorriso rassegnato di prima; andrà a dire a suo cugino quello che ha visto, e suo cugino si metterà il cuore in pace; così farò io.

Nemmeno l'ombra d'ironia nelle parole melanconiche dette col sorriso amabile di chi non spera più nulla.

Ma poteva rimanere il dubbio, anzi la certezza, che Giusto si mettesse davanti un cugino per nascondere sè stesso, e andarsene senza far rumore.

Allora l'artista continuò.

—Mio cugino saprà tutto, e se ha un po' di cuore, verrà a ripeterle ciò che io le ho detto....

—Mi vuoi dire chi è suo cugino; io lo conosco?

—È Gerolamo; il figlio dello zio Bortolo.

—E lo zio Bortolo chi è?

—Un ricco negoziante.

Bisognava dire di che cosa; Giusto pensò un momentino, ma la ragazza era già lontana dal ricco negoziante e da suo figlio.

—E lei, scusi, lei chi è? Mia madre non mi ha detto altro se non che è un artista grande... Fa libri o statue?

—Io sono un piccolo artista, ma faccio qualche volta dei quadri grandi... due metri e più; e se avessi la modella che m'intendo io, prete Barnaba sarebbe contento della Madonna dei sette dolori che mi ha ordinato. Mi chiamo Giusto Giusti, sono il fidanzato di Cristina che lei conosce sicuramente, e da una mezz'ora il più sincero amico suo, se me lo permette...

Nina si alzò per prendere la mano dell'artista; negli occhi sfavillanti, nelle mani tremanti, nel rossore del visino soave si leggeva la contentezza.

—Ah! quanto è bene che lei sia il fidanzato di Cristina! Essa mi ha tanto parlato di lei. E si sposeranno presto? Sì... devono sposarsi presto... penseremo insieme.

Perchè Giusto, pur essendo grato alla magnifica storpia che pigliava a cuore la sua felicità, si sentiva non ferito, ma punzecchiato da quell'entusiasmo? E perchè quell'entusiasmo di lei sembrava a lui quasi indifferenza?

Ma Nina disse tutto candidamente e oscuramente.

—Sono contenta, sa, proprio contenta; perchè se lei non volesse bene a Cristina, io potrei essere tanto infelice.

Giusto Giusti interrogò lealmente sè stesso, Cristina sua e le convenienze sociali, prima di mormorare queste parole:

«Se avessi la disgrazia di non amare Cristina mia, ora sarei già innamorato di...»

Volle dire: di lei; finì invece così: di un'altra.

Ma era tutt'uno. Nina intese subito. Il visino bianco si tinse di contentezza; porse al pittore una manina che gli entrò tutta nel pugno, e rispose grazie. Non altro. Poi parlarono lungamente di Cristina, delle nozze lontane, finchè a un lieve rumore Giusto conchiuse rizzandosi in piedi:

—Dunque le accompagnerò mio cugino domani. Lo veda almeno. È tanto bellino.

Nina non si oppose, e il pittore se n'andò tanto presto da cogliere la notaia sull'uscio. Forse origliava al buco della serratura, o forse in quel buco infilava un'occhiata curiosa, o forse alternava l'una cosa e l'altra.

—Non mi potevo staccare da mia figlia, confessò la mamma; e come è andata? Bene, mi pare. Ma non ho ancora inteso se il pretendente è lui, o se è un altro.

—È un altro; si chiama Gerolamo, ha tredici anni buoni meno di me e molto più danaro. Lo vedrà domani.

La notaia crollò melanconicamente il capo.

CAPITOLO VIII

Appena uscito di casa Cipolla, Giusto si arrestò sulla via, come faceva qualche volta, a scandagliarsi ancora; veramente non era egli in peccato verso Cristina?

La risposta data da lui non lo potrebbe mai soddisfare, e posto che il cugino Ippolito ormai non avrebbe visto nulla di male in una visita alla ragazza, quasi si proponeva di andare subito a confessarsi a lei sola.

Erano le quattro e mezza sonate; a quell'ora un usciere di buona volontà ha lasciato il tribunale e sta per tornare a casa. Per la confessione sua, gli bisognava aver Cristina tutta orecchi, in confidenza piena, senza inquietudine della cucina e della tavola da pranzo, e poi non voleva trovarsi ancora col suocero restio, con quel suocero che a lui repugnava rendere arrendevole con la bugia. Se ne tornò dunque allo studio a passo lento; per via si affacciò alla bottega del falegname a ordinargli un telaio alto due metri, largo un metro e cinquanta centimetri; la mattina egli vi avrebbe inchiodato una tela di prima qualità e subito l'avrebbe coperta di colore. Cominciava a tirarsi in mente quale modella le potesse servire meglio per la rassegnazione dolente che egli voleva dare alla Madonna; e tirandosele in mente tutte, non ne trovava una che avesse il dolore angelico. Molte madonne dipinte, che pure hanno buona fama, non lo contentavano. Quasi tutte hanno sette spade conficcate nel seno, molte piangono a goccioloni; materializzano brutalmente il dolore. Egli non farebbe così; la sua Madonna non avrebbe la veste azzurra imbrattata di sangue, nè lagrime sulla faccia scolorita, ma dovrebbe dire il dolore muto e cocente, non rassegnato ancora, ma prossimo alla rassegnazione; e direbbe questo con lo sguardo rivolto al cielo, con le mani congiunte nello strazio insieme e nella preghiera; avrebbe la veste bianca di Nina, la faccetta bianca e patita di Nina. La buona amica sua non sarebbe ella capace di posare per l'altare di prete Barnaba? Forse sì.

Ma quando poi le cose sue spiegassero le vele, un'altra tela alta due metri e anche più, rappresenterebbe l'estasi dell'ascensione a Dio e raffigurerebbe il visino sorridente di Cristina.

Il giorno dopo, mentre aspettava le dieci per poter andare a casa della fidanzata con la sicurezza di non trovarvi l'usciere, si affacciò in istudio il cugino Gerolamo.

Egli era impaziente di sapere come era andata la cosa.

—Dimmi tutto, perchè, non lo crederesti, ho passato una notte cattiva pensando alla mia innamorata. Puoi immaginare che alla mia età innamorate ne ho avute più d'una e più di due, ma nessuna mai mi fece l'effetto di non lasciarmi pigliar sonno. Forse perchè erano innamorate d'un altro genere; non si aveva tempo a desiderarle tutta notte stando a letto, perchè... mi capisci? Dunque com'è andata? Non è vero che la mia... come si chiama?...

—Nina.

—Non è vero che la mia Nina è bella? Ha una faccetta curiosa di Madonna, come non ho mai veduto la simile. Piace anche a te, non è vero? Dillo, che non sono geloso...

Giusto non si era preparato a dare la notizia della infermità di Nina; aveva creduto che dovesse costargli un po' di pena trovare le parole più adatte; ma a tanta disinvoltura, fu disinvolto anche lui fino ad essere brutale.

—La tua Nina è uno splendore dal busto in su.

Gerolamo rideva stupidamente, aspettando una celia lesta.

—E dal busto in giù? interrogò, visto che la celia stentava a venire.

—È sciancata.

Ora che la parola era uscita di bocca, gli parve crudele, non per l'innamorato, ma per la sua Madonnina dei sette dolori.

—Sciancata? domandò paurosamente Gerolamo.

—È zoppina, corresse il pittore.

—Zoppina, come? Vi sono zoppine di varie qualità; io ne ho conosciuta una che mi piaceva tanto, ma non ho mai potuto averla a tiro...

—La buona ragazza zoppica molto, è nata così; forse è un difetto anatomico; forse uno spostamento del femore trascurato a balia.... ed è rimasta così inferma.... il resto è uno splendore.

Contro quello che Giusto poteva immaginare, la notizia non sembrò affliggere molto Gerolamo, il quale studiando legge all'Università di Pavia, aveva fatto naturalmente profondi studi storici nei romanzi di Dumas padre, ed aveva appreso che la signorina De la Vallière era una zoppina adorabile anche lei ed aveva fatto perdere la testa a un re di Francia, il quale l'aveva poi ritrovata con altre signore della società eletta. Non gli spiacerebbe avere una zoppina per moglie... anche perchè...

Questo ultimo perchè non lo volle dire, non avendo trovato l'incoraggiamento necessario nella faccia di Giusto.

Era dunque cosa intesa. Gerolamo andrebbe a far visita alla bella

Nina, e se non zoppicasse proprio troppo, se la piglierebbe in moglie.

Egli diceva me la piglio, come se la cosa dipendesse unicamente da lui.

Giusto acconsentì per quell'istesso giorno alle due, non prima, avendo altre cose da fare.

Per farne una lasciò in tronco le vanterie universitarie di suo cugino e andò a confessarsi a Cristina.

La quale, quando seppe della visita alla povera Nina, e del modo con cui il suo promesso sposo si era comportato, stette a pensare un momento, poi disse: ebbene, sì, vogliamole bene entrambi; è tanto buona.

Alle due Gerolamo fu puntuale.

Giusto, nel vederselo venire incontro allegramente, pensò che egli valesse più di quanto aveva creduto; ma dopo le prime parole riconobbe che poteva essere un imbecille.

Le prime parole furono semplicemente queste:

—Non vedo l'ora di conoscere la sciancata che mi ha innamorato, e parola d'onore, se non è sciancata troppo, me la piglio. Andiamo subito.

Andarono in silenzio, repugnando a Giusto di esprimere il proprio pensiero; non sapendo Gerolamo che altro dire dopo il risultato della prima celia.

Presentato alla notaia, Gerolamo venne introdotto alla presenza della povera Nina. Giusto era stato lungamente incerto se dovesse accompagnarsi al pretendente per fare cuore alla ragazza, o se la presenza sua in quella occasione fosse per riuscire inopportuna—finì coll'andarsene, annunziando al cugino che l'avrebbe aspettato in istudio.

Un'ora dopo Gerolamo tornò raggiante.

Nina gli era piaciuta più di prima; era proprio dal busto in su un vero splendore; nemmeno la zoppaggine gli spiaceva; tutt'altro; fra studenti d'università è ricevuto come verità di fede che far l'amore con le sciancate... è una cosa paradisiaca...

Presentandosi il caso raro di fare l'esperimento, egli non se lo sarebbe lasciato scappare di mano.

Dunque?

Dunque si piglierebbe Nina.

Se la piglierebbe proprio?

Proprio. Anzi aveva già chiesto la mano alla mamma, la quale, da notaia intelligente, aveva solo messo una difficoltà, una sola, la età giovanile dello sposo; ma quando il babbo macellaio non negasse il consenso, la sua ragazza avrebbe potuto prendere in considerazione la proposta, pensarci sul serio, e poi decidere.

E allora?

E allora è cosa fatta; il babbo non dirà di no, e Nina dirà di sì.

—E sei proprio contento?

Sì, Gerolamo era contentone; prima di tutto avrebbe provato una verità della quale la scolaresca va sempre parlando senza darne mai la dimostrazione, e quando avesse fatto l'esperimento, sia che fosse rimasto contento o il contrario, un vantaggio almeno gli rimarrebbe sicuro.

E quale?

Che sua moglie non gli potrebbe correre dietro per tutte le vie di

Milano... starebbe volontieri a casa.

Il caro cugino rideva.

Ma Giusto non rise affatto.

—Che hai? mi sembri più accigliato del solito; non parli.

Giusto ebbe voglia di scatenare parole rabbiose come mastini, ma seppe trattenerle e non se ne lasciò scappare nemmeno una.

—Sto pensando alla mia Madonna dei sette dolori.

—Ti annoio cianciando? domandò Gerolamo; e Giusto rispose di sì, che voleva essere lasciato solo, perchè l'ispirazione non piglia legge da nessuno... come Gerolamo sapeva benissimo.

Gerolamo fu schietto anche lui, e confessò che d'arte non sapeva nulla di niente; ma in ogni modo se ne andava, non avendo più bisogno di suo cugino. Nina era a tiro, e toccava a lui allungare la mano per pigliarla....

—A rivederci dunque.

—A rivederci.

Tutto il resto di quel giorno Giusto pensò alla Madonna dei sette dolori, a quella veduta in un'ora sola, ma vi pensò solo per scrupolo di coscienza.

—Bisogna salvarla a ogni costo, disse a voce alta.

E la notte sognò che egli era stato impotente contro la cretineria di Gerolamo; il monello di Pavia aveva contentato la sua fregola di conoscere come sia fatto l'amore delle zoppine e la sua Madonnina addolorata aveva otto spade piantate nel seno.

CAPITOLO IX

Ma per tre giorni consecutivi non fu possibile a Giusto di arrivare in casa Cipolla prima di Gerolamo; il quale non solo faceva le sue visite quotidiane alla innamorata zoppa, ma le faceva lunghe.

Repugnava al pittore di farsi ricevere dalla sua madonnina, mentre quel monello dell'Università pavese le diceva chi sa quali asinerie, gli repugnava del pari aspettare in istrada che Gerolamo se ne fosse andato per accorrere al salvataggio di Nina. E poi chi sa? Forse la pallida fanciulla, in quel giovane sanguigno che diceva il macello a gran distanza, ritrovava il suo ideale fisico, perchè la materia pur essa ha i suoi ideali anche nelle fanciulle spirituali. E allora l'impresa di salvataggio sarebbe stata inutile.

Il pittore non potè neppure dire il proprio pensiero a Cristina, perchè l'usciere, avendo dovuto andare improvvisamente a Brescia per suoi affari, vi si era fatto accompagnare dalla figliuola. Così Giusto vagò come un'anima in pena intorno alle due fanciulle, una delle quali era sempre assente, l'altra sempre alle prese col figlio del macellaio.

Ahi! povera creaturina gentile!

Per ammazzare il tempo odioso, Giusto aveva abbozzato di maniera la Madonna Addolorata. Prete Barnaba era venuto due volte a visitare il grande artista e l'ultima volta si era lasciato uscire di tasca altre quattrocento lire, tanto era il suo entusiasmo per l'arte sacra del cugino.

Però se le era lasciate uscire di mano in certo modo curioso, quasi a malincuore, tenendo lungamente fra le dita quei quattro cencetti di carta, e accompagnandoli con un sospiro fin nel portamonete del pittore. E dopo ancora avreste detto che aspettasse qualche cosa, che non poteva essere il resto, perchè la Madonna dei sette dolori era stata venduta a lire mille giuste.

Il cugino Venanzio aveva rinnovato la sua offerta di denaro senza pegno nè ipoteca al sette per cento.

La navicella di Giusto filava dunque col vento in poppa.

Ma il pittore non era contento fin che non avesse confessato il peccato della sua nuova fortuna a chi lo potesse intendere veramente. Confessarsi ai cugini, i quali non gli credevano, era assolutamente inutile; ma Cristina sua, se fosse necessario, gli darebbe consiglio.

Nel desiderio segreto di Giusto era pure l'idea che prima di profittare della bugia, dovesse, oltre che con Cristina, consigliarsi con Nina.

Ma prima bisognava incominciare dalla sua innamorata.

Perchè mai essa era a Brescia quando Giusto aveva più bisogno di lei?

Finalmente l'usciere tornò a Milano, e Cristina pure.

Quando essa seppe dal suo fidanzato della celia notarile fatta in un giorno di convalescenza, rise fino alle lagrime; a lei non venne neppure in mente di dubitare che Giusto le nascondesse il vero, ma invece di affliggersi che unicamente per questa bugia fosse divenuta facile una cosa difficile, e la più bella di tutte, cioè il loro matrimonio, se ne compiacque e battè le mani.

Ma dunque Giusto soltanto aveva certi scrupoli?

Sì, proprio lui solo.

—Mi piacerebbe interrogare uno spassionato!

E Cristina propose subito:

—Lo domandiamo a Nina!

—Domandiamolo.

Fu convenuto che la stessa sera, alle due in punto, si sarebbero trovati in casa della zoppina.

Come è facile intendere, Giusto Giusti arrivò prima dell'ora e si piantò in sentinella nella via, senza perdere mai di vista il portone di casa Cipolla, nel quale dovevano entrare la sua innamorata e la fantesca.

Ma di lì a poco quello stesso portone eruttò un coso nero e sporco, nient'altro che prete Barnaba, sfrittellato come al solito, anzi peggiorato dall'uso.

Che diamine era venuto a fare prete Barnaba in casa del notaio?

La curiosità stava tentandolo a correre subito a interrogare le gazza di casa Cipolla, quando apparve sul canto la visione soave di Cristina. Allora ogni altra idea volò via, per accorrere incontro alla sua innamorata. Fecero un tratto della strada deserta in quell'ora, tenendosi per mano, lasciandosi indietro la fantesca sorda, salirono le scale legati così, legati ancora dagli sguardi amanti, e si sciolsero solo in anticamera dopo essersi dati un bacio fuggitivo sul pianerottolo.

Apparve la notaia, e Giusto la interrogò a bruciapelo: «che cosa voleva prete Barnaba? me lo vuol dire?»

La gazza, poveretta, era incapace di nascondere lungamente qualche cosa, se avesse saputo; in ogni modo promise di pigliare le necessario informazioni.

I due fidanzati trovarono Nina intenta a far la soprascritta a una lettera.

—A chi scrivevi? domandò Cristina dopo averle dato un bacio.

Nina mostrò la soprascritta.

«Al signor Gerolamo, Città», lesse Cristina a voce alta.

Allora Giusto si fece innanzi.

—Vuol dare a me quella lettera? domandò audacemente.

—Perchè no? Mi raccomando solo di consegnarla oggi stesso.

—Quando lei voglia proprio, sarà fatto; ma spero che appena io le avrò detto una cosa, vorrà riavere la lettera per stracciarla.

Giusto parlava con un tremore insolito, come se l'audacia sua sembrasse a lui stesso soverchia.

Nina, stretta fra le braccia dell'amica, sorrise melanconicamente.

—Tutto quello che lei mi potrà dire non muterà una sillaba a quanto è scritto lì dentro.

—Ma dunque... dunque l'ama?

Nina fece di no in silenzio.

Ah! che piacere! Le parole che Giusto si proponeva di dire alla poveretta perchè non si lasciasse prendere da quel bruto, diventavano inutili. Ma tanto volle affermare brevemente il proprio pensiero incrollabile:

—Per ora mio cugino è soltanto un monello; più tardi diventerà un animale; le volevo dir questo.

La pallida fanciulla sorrise ancora; ma quale sorriso fu il suo!

—Legga la lettera, disse.

—E devo consegnarla ancora?

—Legga.

Giusto lesse in silenzio.

Nina scriveva che dalle visite frequenti e lunghe aveva avuto tutto l'agio d'intendere che Gerolamo non potrebbe mai dare la felicità a Nina, e che Nina dal canto suo non saprebbe essere la compagna per tutta la vita di Gerolamo. Perciò egli non perdesse il tempo a fare altre visite; ella tornava a sognare altrimenti.

—Brava! esclamò Cristina dando un bacio alla pallida amica.

—Brava! confermò Giusto e fu tentato di fare come la sua fidanzata, ma si accontentò di stringere la mano alle due fanciulle adorabili.

Chiuse la lettera nel portafogli e non si parlò più di Gerolamo.

—Ora senta, signorina, disse Giusto con voce sommessa, chiudendo gli occhi per non vedere altro che la propria coscienza; ho bisogno da lei d'un consiglio. Me lo vuol dare?

—Altro! ma che consiglio posso darle io?

Giusto riaprì gli occhi un momentino per impadronirsi della mano di

Cristina, e cominciò la confessione.

Disse della sua povertà di artista, dell'amor suo, del capriccio di far testamento per celia e di ciò che ne era risultato; espose candidamente ogni cosa.

—Posso io continuare l'inganno e approfittarne fino a compiere la mia felicità?

—Non capisco bene, rispose Nina.

Cristina volle spiegare meglio la cosa, ma Giusto le strinse forte la mano perchè tacesse.

—Io non credo che lei possa continuare l'inganno, e nemmeno lasciarlo durare per approfittarne, conchiuse Nina.

—Lo vedi? esclamò Giusto aprendo gli occhi a guardare la sua innamorata sorridente.

Cristina crollò il capo.

—Ora parlo io, disse. Si tratta del nostro matrimonio; Giusto si fa scrupolo di sposarmi perchè il babbo lo crede ricco; è tentato, perchè mi ama tanto, di convincere il babbo del suo errore. Ora parla tu.

Nina non stette a riflettere; dichiarò tranquillamente che era un'altra cosa.

Come un'altra cosa? Sì, un altro paio di maniche... Si spieghi subito, via, da brava.

E la cara fanciulla spiegò subito che quando due hanno promesso d'essere l'uno dell'altra, ogni scrupolo che possa impedire il mantenimento della promessa è colpevole e ridicolo.

—Ridicolo?...

—Propriamente ridicolo.

Stettero in silenzio un poco ancora per dar tempo a Giusto di riflettere.

Il pittore si oppose debolmente:

—Non si tratta d'impedire, ma solo di ritardare. Ci pensi un momento.

Ma la pallida consigliera gli tappò la bocca con queste parole:

—Ritardare qualche volta è impedire.

E Giusto, il quale non desiderava altro, si diè vinto.

Cristina, curvandosi a baciare le labbra che avevano profferito parole di evangelo amoroso, mormorò qualche cosa che Giusto cominciò intendere appena, quando vide la faccia pallidina di Nina tinta d'un lieve rossore.

—Dalle un bacio anche tu, Nina, te lo permetto.

Ma Giusto ne fu impedito dalla notaia, la quale affacciandosi nel vano dell'uscio lo chiamava in disparte.

—A più tardi, disse, sorridendo a Nina.

Appena fu nell'altra stanza la gazza gli disse tutto. Prete Barnaba era andato dal notaio per vedere il testamento di Giusto, o almeno la minuta, o almeno sentire ripetere le clausole all'ingrosso, non si fidando alle dicerie che correvano per la città, e avendo fatta una spesa spropositata... Quale? Una Madonna dei sette dolori ordinata al pittore e pagata anticipatamente solo perchè sapeva della disposizione testamentaria che legava la Madonna a prete Barnaba per la cappella dove diceva messa. Ora che il pagamento era fatto, gli bruciava molto perchè egli contava sulla restituzione immediata, senza aspettar la morte dell'artista, il quale era capacissimo di sepellire lui e gli altri parenti fino alla decima generazione.

In tanto sconforto avrebbe trovato un sollievo quando avesse la sicurezza della clausola testamentaria, ma la sicurezza gli veniva mancando.

E il notaio Cipolla come si era comportato?

Magnificamente. Non aveva detto nulla al paziente sentendosi legato dalla professione a tacere degli atti consumati col proprio ministero; ma aveva fatto rileggere la minuta alla sua legittima collaboratrice.

—E se lei crede, posso confortare prete Barnaba.

Giusto era sicuro che il suo permesso era inutile, e perciò lo diede subito. In premio di questa amabilità, la notaia informò il testatore che negli ultimi giorni erano venuti a consultarsi, prima col marito, poi con lei, tutti i legatarii, uno solo eccettuato, l'usciere Ippolito... forse per decoro professionale?

—No, non era decoro professionale.

—E allora che cos'era?

Senza rispondere Giusto ringraziò la notaia con calore, ma tutta la voglia di ridere della propria celia gli era passata da un pezzo.

Prima di lasciarselo fuggire di mano la signora Cipolla fece un'uscita audace.

—Vuol scommettere lei che faranno di tutto per impedire le nozze con la sua fidanzata?

Come sapeva?... Sapeva. Si sa sempre tutto; basta volere.

—Vuol scommettere? insistè.

Giusto non volle scommettere nulla e tornò nell'altra stanza a finire nascostamente la cosa incominciata. Baciò dunque leggermente la Madonnina addolorata, poi, senza parlare, scoccò molti baci sonori sulle guancie, sugli occhi, sulle labbra della sua innamorata. E alla fanciulla spaurita spiegò che faceva così per confondere i suoi ingrati eredi, i quali vorrebbero che non sposasse una ragazza capacissima di render nullo nella sostanza il testamento, senza incomodare in nessun modo il notaio Cipolla, e senza nemmeno intinger la penna nel calamaio.

—In che modo? interrogarono allo stesso tempo Cristina e Nina.

Giusto non lo volle dire.

CAPITOLO X

La notaia aveva un mucchio di ragioni, e se Giusto avesse scommesso qualche cosa, certo qualche cosa avrebbe perduto.

In fatti la domenica successiva, mentre il grande artista lavorava alla tela di prete Barnaba, la Madonna dei sette dolori abbozzata appena fece un miracolo. Entrò dunque il cugino Ippolito chiedendo permesso al manichino vestito di bianco, e senza aspettar risposta e senza perdere tempo in ismanie inutili, disse al pittore che egli non voleva saper altro, dopo tutto quello che i maligni gli erano venuti a dire.

«Chiedimi la mano di Cristina, e io te la do subito.»

Giusto balzò da sedere, e non abbracciò il parente misericordioso perchè aveva la tavolozza in una mano, nell'altra il pennello.

Ma anche perchè durava ancora nel suo cervello leale il vecchio scrupolo. Sì, non ostante Nina e Cristina, non ostante tutto, quell'artista ingenuo odiava l'inganno almeno almeno quanto amava la celia. E per spiegare e scusare il consiglio delle due fanciulle che egli metteva sopra tutte le donne dell'altro sesso, aveva già detto a sè stesso che in fatto d'amore le donne hanno un criterio speciale, e una lealtà sospetta.

Invece di ringraziare Ippolito con le parole che prime gli si offrirono, depose tavolozza e pennello sul trespolo, e fece ridere suo cugino.

Egli stando in piedi interrogò con calma.

—Dunque i maligni ti hanno detto..... che cosa ti hanno detto i maligni?...

—Mi hanno detto nient'altro che tu sei un... scusami se ripeto le loro parole.... che tu sei un morto di fame.

—Questo non è vero, disse Giusto malinconicamente, ho fatto colazione un'ora fa, e alle sei in punto andrò a desinare, se Dio mi dà vita.

—Mi hanno anche detto... via, ci possiamo parlar chiaro, non è così? hanno detto che il testamento tuo è stato una celia.

—Hanno detto il vero... se te lo ricordi, l'ho dichiarato anch'io in questo medesimo luogo, mi par di vederti.... tu eri là; prete Barnaba là; e io qui...

—Mi hanno detto anche che la celia aveva un secondo fine.

—Quale?

—Corbellare i tuoi parenti; farti dare da tuo cugino prete l'ordinazione della Madonna che stai dipingendo, un po' di danaro da tuo cugino Venanzio e dal macellaio; da me nient'altro che mia figlia Cristina e la sua dote.

—Ma...

—Ma la celia ben fatta piace anche a me, e deve essere premiata.

Cristina è tua, se ancora la vuoi.

—La voglio; anzi ti dirò che se non me la davi, me la pigliavo lo stesso; però rinunzio alla dote, e pretendo che ti persuada, ma ti persuada proprio, che i maligni... tu non mi vuoi dire chi sono? no? meglio; voglio farti persuaso che ho testato per burlarmi di tutti voi, e che ora sono pentito e oggi stesso pregherò il notaio Cipolla di darmi il testamento per stracciarlo alla presenza dei legatarii. Volete?

No. L'usciere non voleva questo. Gli altri cugini erano padroni di pensare a loro modo: quanto a lui, non voleva proprio nulla. Ma se piacesse a Giusto recarsi con lui dal notaio Cipolla, senza dargli l'afflizione di lacerare nessuna carta bollata, gli si potrebbe far stendere il contratto dotale...

—Io non voglio la tua dote; sposerò tua figlia, affermò Giusto, perchè è il mio destino, non ho bisogno del tuo danaro.

L'ufficiale giudiziario era entrato così bene nella celia del pittore che a ogni sua opposizione rideva fino alle lagrime.

Si fece serio un momentino per interrogare.

—Ma dunque tu hai molto danaro?... No? E se non hai danaro, come conti di mantenere tua moglie, rinunziando alla dote?

—Col mio pennello, affermò malinconicamente il pittore; fin che

Cristo cenerà con gli apostoli, il nostro pranzo è quasi sicuro.

Senza nemmeno intendere bene il senso della risposta, l'usciere ripigliò a ridere.

Dunque Cristina e Giusto si sposarono prima in municipio, poi in chiesa; e così confortati dall'assessore e dal sacerdote se n'andarono per il mondo circostante a guardarsi negli occhi, a Firenze e a Roma. Per l'occasione fausta il faro della pittura lombarda si mangiò quasi tutto un Cenacolo, e tornato a casa, più innamorato che mai, cominciò in fretta e furia un altro che fosse pronto per il primo Russo arrivato, che fu poi un Belga. In seguito Giusto, avendo sotto mano la modella dei suoi sogni, condusse a termine il gran quadro dell'Orgia e licenziò Cleopatra. La quale riuscì proprio quello che Giusto aveva voluto, il suo capolavoro; ma non potendo come tanti grandi pittori forastieri arricchiti dal proprio pennello, tenersi in casa la tela meglio riuscita, la lasciò andare in Brianza, nella villa d'un filatore tedesco, riservandosi il diritto d'andarla a vedere due volte l'anno. Anche cento! aveva detto il tedesco. No, due mi basteranno, aveva risposto Giusto.

Invece non andò mai in Brianza, perchè gli venne in mente di rifare una Cleopatra tutta nuda, caduta dal lettuccio a terra, già morsa dall'aspide velenoso, e sfinita dal veleno. E Giusto e Cristina fecero così bene che fu un altro capolavoro.

Intanto la Madonna dei sette dolori formava la delizia di tutti i devoti, e perfino prete Barnaba, sospirando bensì un poco, se ne dichiarava soddisfatto.

E ancor oggi dall'altare, quando prete Barnaba dice la messa ogni mattina, quella Madonna addolorata sembra sorridere un sorriso strano, più umano che divino per verità, come fa Nina nel suo seggiolone attraverso i vetri.

I cugini rimasti a terra, per non invidiare l'uomo accorto a cui la curia aveva insegnato tante cose, vollero consolarsi pensando che Giusto avesse proprio fatto una corbellatura magnifica; ma non riuscirono bene. Bastava che Giusto dichiarasse ridendo d'averli voluti corbellare, perchè si risvegliasse più acuto il dolore della eredità perduta.

La cosa non riuscì meglio con Ippolito.

L'ufficiale giudiziario, nella qualità di suocero, si permise una volta sola di consigliare a suo genero di concorrere a una subasta, dichiarando che, secondo lui, il danaro lasciato al tre per cento alla Banca è un peccato mortale, e anche il Debito Pubblico frutta poco.

«Ma io non ho danari alla Banca, te lo giuro,» aveva risposto Giusto.

E l'altro aveva consigliato gravemente:

—Non giurare.

Pensando alla strana avarizia di quel grande artista, di quel faro, l'usciere si propose di non gli parlar più di toccare i fondi così bene affidati alla Banca.

A qual Banca?

Anche questo non sapeva; e perciò quando si parlò della moratoria del Credito mobiliare, il bravo suocero si pose una mano sulla coscienza e ruppe il silenzio un'altra volta.

—Hai sentito, Giusto; hai sentito che ci capita? Il Credito mobiliare ha chiesto la moratoria...

95

Il faro della pittura lombarda non battè ciglio, e domandò semplicemente:

—Che cosa me ne importa?

L'usciere respirò; la notizia che suo genero non fosse impegnato col

Credito mobiliare, gli diede una consolazione infinita.